◆◆ 中国文学名家散文精选丛书

与兰为伴

陈小江　著

江西高校出版社
JIANGXI UNIVERSITIES AND COLLEGES PRESS

南　昌

图书在版编目（CIP）数据

与兰为伴 / 陈小江著 . -- 南昌 : 江西高校出版社，
2025.6. --（中国文学名家散文精选丛书）. -- ISBN
978-7-5762-5641-3

Ⅰ . I267

中国国家版本馆 CIP 数据核字第 20244FA823 号

责 任 编 辑　龚　振
装 帧 设 计　夏梓郡

出 版 发 行　江西高校出版社
社　　　　址　江西省南昌市新建区工业二路 508 号
邮 政 编 码　330100
总 编 室 电 话　0791-88504319
销 售 电 话　0791-88505090
网　　　　址　www.juacp.com
印　　　　刷　鸿鹄（唐山）印务有限公司
经　　　　销　全国新华书店
开　　　　本　650 mm×920 mm　1/16
印　　　　张　13
字　　　　数　160 千字
版　　　　次　2025 年 6 月第 1 版
印　　　　次　2025 年 6 月第 1 次印刷
书　　　　号　ISBN 978-7-5762-5641-3
定　　　　价　58.00 元

赣版权登字 -07-2024-1068

兰韵墨香赋锦章

——散文随笔集《与兰为伴》序言

　　《与兰为伴》是陈小江散文随笔集。她的散文，是生活美学的生动诠释。她像一位热爱生活的艺术家，善于从平凡的人、事、景、物中挖掘出诗意与美好，将生活的烟火味渲染得淋漓尽致。作为绿植爱好者，她在自家门前及阳台种了许多花花草草，不但精心培育花草，还用文字赋予它们生命。

　　在陈小江的笔下，兰花、昙花、三角梅等都有了自己的故事。从养三角梅的悉心照料，到与昙花的浪漫之约；从沉醉于火红凤凰花的绚烂，到品味番石榴的别样之美，这片花草的世界里，它们不只是植物，还是她生活中的亲密伙伴，见证着岁月的流转，承载着情感的寄托。她对自然生灵的由衷喜爱与敬畏，传递给读者，让他们也能感受到那份纯净而美好的情感。

　　《花草情韵》是一篇饱含深情的佳作。全篇以时间为序，以花草作为情感纽带，结构清晰连贯，展现了她与花草的不解之缘、与朋友因花结缘的情谊、为母亲送花表达对亲人的爱等，字里行间洋溢着浓郁的花草情结。她善于选取角度，叙事生动形象，制作花瓣、菊花生长等细节描写，栩栩如生；把菊花比作小太阳、花草比作孩子，别出心裁。

　　亲情、友情、乡情、爱情，这些人类真挚的情感，在陈小江的笔下如同一束束温暖的光，照亮了读者内心深处最柔软的角落。她用白描手法，巧妙地抓住每个人物的特点，娓娓道来。人物形象鲜明，每一个故事串联起了生活中那些最珍贵的瞬间。她描绘的父亲像剑兰一样坚毅挺拔，那是一种无声却有力的父爱象征；病重却仍心心念念要抱小外孙的母亲，展现出母爱的无私与深沉；努力进取、成绩优异的女儿小满姑娘，是青春活力与梦想追求的代表；身残志坚的堂弟，传递出一种不屈不挠的精神力量；回乡助力乡村振兴且不忘带动村民致富的侄子，则体现了浓浓的乡情与责任感。还有小江自己童年的纯真回忆、高考时的紧张与憧憬等，易引起读者的共情共鸣。

在"心灵之旅"一辑，为读者开启了一场别样的精神盛宴。陈小江引领读者领略不同地方、不同时节的独特韵味。入伏时雷州半岛的别样风貌，展现出大自然的神奇与变幻；在平凡世界里对生命伟大的感悟，让读者重新审视生活的意义。在这里，四季不再仅仅是时间的更迭，还是生活的节拍器。读者在阅读中品味这些故事，领悟其中的情感，仿佛自己也经历了一场丰富多彩的心灵之旅。

"卷帷揽胜"这一辑，主要是陈小江阅读的心得体会，有真知灼见，真情实感。此辑涉猎广泛，在不同的主题间自如切换。从《鹭舞红树林》里那充满生机与挑战的滨海生态画卷，到《竺可桢——中国气象学之父》中展现的科学家为追求真理和祖国建设而奉献的壮丽篇章；从对地域特色浓郁的《海边的珊瑚屋》《有一种遇见在岭南》《有一种生活在"江南"》等作品的深度品读，到《走出"孤岛"》等聚焦特殊群体与成长经历的相关书籍感悟，它以丰富多元的内容，编织出一张知识与情感交融的网。

在这些文字中，我们能感受到陈小江用心去触摸每一本书的灵魂。她对作品的解读不是生硬的剖析，而是如同与老友促膝长谈般自然流畅。在叙述中，将书中的情节、人物与背后的深意娓娓道来，有着能让人沉浸其中的魔力。无论是描绘红树林的生态之美与保护的迫切，还是追溯竺可桢先生一生的光辉历程与伟大精神，都能让读者仿佛身临其境，真切地感受到文字背后的力量，引导读者开启一段段充满惊喜与收获的阅读之旅，在字里行间传递着对文学的热爱、对自然的敬畏、对人文精神的尊崇，使读者在阅读这一辑后，内心满是对更多佳作的期待与探索的渴望。

《红树鹭影，生态华章》是对生态文学《鹭舞红树林》的赏析。陈小江以一种平实而真挚的叙述，让读者仿佛置身于那片红树林中，看到红树林的枝叶在海风中轻轻摇曳；白鹭优雅地穿梭其间，它们的身影与红树林相互映照，构成了大自然最为和谐的画面。在对作品内涵的挖掘上，她没有过多堆砌华丽的辞藻，而是紧密结合书中情节，深入剖析生态保护理念。小主人公陈涛涛的成长经历，从最初对红树林保护的懵懂，到后来的坚定守护，她如实地展现这一转变过程，使读者真切感受到生态意识在个体心中的生根发芽。当描述红树林遭受破坏时，陈小江以一种沉痛的口吻，将看到的景象一一呈现。这些写实的描写，让读者深刻体会到生态破坏带来的严重后果。而在提及红树林保护与乡村振兴的关系时，她条理清晰地阐述书中所展现的实践与思考，让读者看到生态与经济相互依存的关系，对自然与人类和谐发展的深切期望。

《与兰为伴》这部散文集，是生活与书香的交织，是情感与责任的融合。它让读者在阅读中感受美好，领悟人生真谛，让心灵得到洗礼与净化。愿每一位读者都能在这本书中找到属于自己的那份感动和力量，开启一场美好的心灵之旅，为精神世界注入源源不断的活力。

（陈华清，中国作协会员、广东湛江市作协副主席）

目 录
CONTENTS

第一辑
与花草为伴

与兰为伴	002
花草情韵	007
恋上三角梅	011
火红凤凰醉遂城	014
红树的甜蜜契约	018
昙花之约	022
番石榴之美	027
花开的日子	031
金桂韵里岁月香	035

第二辑
情暖人间

小满未满，爱意渐浓	040
剑兰一样的父亲	044
跛行走向"高地"	048
那缕永失的夕阳暖	052

百花与文学之梦　　　　　056

童年漫忆　　　　　　　　060

逐梦之旅　　　　　　　　065

乡里宗情　　　　　　　　069

高考往事　　　　　　　　073

给我抱抱　　　　　　　　077

我爱我家　　　　　　　　081

人间重晚晴　　　　　　　085

回娘家　　　　　　　　　088

再出发　　　　　　　　　091

第三辑
心灵之旅

寸金精神领航　　　　　　096

我打包我时尚　　　　　　100

中山生态之美　　　　　　103

入伏的雷州半岛　　　　　106

舌尖上的温州风情　　　　111

寻韵遂溪孔子文化城　　　115

追寻周敦颐在广东的足迹　119

平凡的世界，感生命的伟大　124

长岗坡渡槽礼赞　　　　　129

元宵节喜逢年例　　　　　133

命中有你　　　　　　　　137

第四辑
卷帷览胜

红树鹭影，生态华章　　　　　　　142

江南旧梦，墨韵新章　　　　　　　146

星芒长照，精神永镌　　　　　　　150

情深处，爱与痛的省思　　　　　　153

绽放在烽火中的"琼花"　　　　　　158

青少年成长路上的精神航标　　　　162

教育星光照亮特殊儿童的心灵　　　166

充满诗意与哲理的珊瑚屋世界　　　169

岭南盛景中的自然与人文协奏　　　173

海洋与地域特色的交织之美　　　　177

童话中的成长与美德之光　　　　　182

地火中重生的凤凰　　　　　　　　186

微躯虽小纳万象，寸心犹阔著华章　189

后记：书路回首，感恩有光　　　　194

第一辑

与花草为伴

与兰为伴

随着人们生活品质的逐步提升,养绿植成为众多人钟爱的生活雅趣。它能够为我们的环境增添一抹绿意,净化空气,让生活空间更加清新宜人,还能如诗如画般美化我们的生活,陶冶我们的情操,引领我们踏入那令人向往的"诗和远方"的美妙境界。

我最初养绿植数量并不多,只因平日太过忙碌。直至女儿升入初中开始在学校寄宿生活,儿子也步入小学阶段后,我才有了些许闲暇时光,得以悉心打理那些花花草草。

我家位于一楼,阳台之外有一片宽敞的空地。家中的阳台窗台、走廊各处,都摆满了我的"园艺杰作"。待家中再无多余空间摆放时,我便将它们安置在自家门前的空旷之地。放眼望去,在郁郁葱葱的碧绿中,红的、紫的、黄的、白的、蓝的、粉的花错落其间,五彩斑斓,充满了生机与活力。我家俨然成了一座小型的"花园",从最初阳台上仅有的十几盆绿植,逐步发展到如今的几百盆之多。

老公不禁抱怨道,家中已几乎无落脚之地;女儿笑言,咱家的花比花店还要繁多呢;儿子更是打趣道,若再买花,便要罚我十元给他呢。

然而，这些都无法阻挡我对买花的热忱，绿植数量依旧越来越多。

曾有一段时日，我对兰花痴迷不已，专门四处搜集各类兰花品种。几十盆兰花，被我视若珍宝般精心养护在家中。我还特意购置了专门的兰花盆、兰花植料，用精致的不锈钢兰花架和托盘承托着，生怕滴下的水影响到下一层的兰花叶心。

当兰花绽放之时，满屋子都弥漫着那令人心旷神怡的花香，闭上眼睛，轻嗅着这花香，与兰花相伴的日子，美好得如同梦幻。邻居们也常常被这花香吸引而来，他们站在花前，微微吸着鼻子，口中啧啧称赞。即便兰花凋谢之后，家中依旧萦绕着淡淡的花香。

可惜，兰花终究是温室里的娇花，难以承受风吹雨打、日晒雨淋的磨砺。或许是我尚未洞悉它的生长习性，缺乏足够的养护经验，不出半年，兰花几近全军覆没，我投入的金钱和心血皆付诸东流。但我并未因此气馁，而是积极向花友讨教经验，在百度上广泛搜索相关知识，边学习边实践。终于，我的兰花再次焕发出勃勃生机，以那醉人的花香回报我的辛勤付出。

作为一名多年沉浸于绿植世界的爱好者，若你问我哪种植物最好养，我定会告诉你是米兰；若你问我哪种植物既爱开花又芬芳四溢，我仍会告诉你是米兰；若你再问我米兰开花是否漂亮，我便会如实相告，它谈不上惊艳绝伦，其花甚至算不上传统意义上我们认知的那种绚丽之花，用"苔花如米小，也学牡丹开"来比喻它，倒是最为恰当不过了。

初次认识米兰花，是在一家精品店内。彼时，我瞧见一个缀满米黄色小点，形状近似球形的装饰品，其精致小巧，不由得对它产生了浓厚的兴趣。店员告知我这便是米兰花。"这也叫花啊？"我满心惊讶。早有耳闻米兰开花香气馥郁，而我向来钟情于既开花又芳香的植物，于是当即决定养米兰花。我满心欢喜地将米兰花买回，种在阳台外面的花园里，一日数次前去探望，满心期盼着它能早日绽放。

终于，我欣喜地发现米兰长出了花蕾！起初，那是约 2 - 3cm 长的绿色小点点，一串串隐匿在枝叶之间，如串串绿珍珠般惹人怜爱。慢慢地，它们逐渐蜕变，染上了一层金黄，宛如粒粒小米，在阳光下闪烁着独特的光芒。米兰花之名，恰是因其花朵形似小米，小巧玲珑，却散发着迷人的芬芳。

有一天，我闻到一股香味，清幽淡雅，恰似兰花的香气，却又别具一番韵味。我心生疑惑，心想这不可能是兰花的叶子散发出来的吧？于是走出门口，一阵淡淡的花香扑鼻而来。啊，原来是米兰花的香气！

我养过玫瑰、栀子、茉莉、茶花……甚至连本地不适宜盆栽的牡丹、梅花、桃花等都曾尝试种植。这些花卉种下不久后，大多在几个月后便枯萎凋零，能剩下的即便只开出一朵两朵花，我也心满意足了。

在我所养的众多盆栽花木中，唯独米兰花最为省心。它对土壤的要求并不苛刻，只需将其放置在阳光充足之处，随意浇水，便能一年四季花开三季。倘若温度维持在 30℃ 左右，米兰花开出的花朵，香气会更加浓郁扑鼻，令人沉醉。

米兰的美，是一种恬静、淡雅、清新的美，是一种朴素无华的美。它没有牡丹花的雍容华贵，没有月季花的绚丽多彩，也没有荷花的高洁脱俗，但它却有着与众不同的芳华。米兰花的寓意是隐约之美。它的花型小巧，若隐若现，初看时很难让人一眼察觉，一时之间也难以领略到这份独特的美丽，唯有真正喜爱它的人，才能用心感受到它的魅力所在。

因为花朵微小，颜色不够鲜艳夺目，容易被人忽视，米兰花或许会错过在众人面前大放光彩的机会。它却毫不在意，依旧按照自己的本性，顽强地生长，尽情地绽放。所以，米兰花还有一个花语，叫作"有爱，生命就会开花"。

明代陈宪章有首诗《赛兰花开》："山花艳艳缀旒傍，君爱深黄爱浅黄？楚客见之挥不去，向人说是赛兰香。"诗中的"浅黄"，指的便是米兰。诗人借艳丽的山花和不起眼的米兰花作对比，借物喻人，提醒君王，选用人才要重视其内在的"香"，而非仅仅关注外表的"色"。

在这充满花香的生活中，一场突如其来的疫情打破了平静，但也让我对米兰花有了新的认识。今年，平和的"五一"假期过后不久，我所在的湛江市被一场猝不及防的疫情席卷，初夏的微风还未来得及轻拂面庞，整座城市便被迫按下了暂停键，停工停产停课，一切都陷入了寂静。面对这突如其来的疫情，市委、市政府迅速做出部署，凝聚全社会的力量，众人同舟共济、共抗疫情。白衣天使们闻令而动，如英勇的战士般迅速赶赴疫情第一线，更有兄弟城市的白衣战士前来支援，使得"0506"疫情在短短一个星期内便得到了有效控制，人们有序地恢复了生产生活。在这个守望相助的抗疫过程中，有许多值得铭记的瞬间与感动。白衣天使们的辛勤付出尤为令人动容。他们身着厚厚的防护服，在长时间的工作中，防护服早已被汗水浸湿，而后又被突如其来的大雨淋湿，但他们没有丝毫退缩。防护面罩下，那一双双美丽温柔的眼睛，闪烁着坚毅的光芒。他们争分夺秒地为民众进行核酸检测，在与时间赛跑，为守护这座城市的安宁而全力以赴。

在居家防疫的日子里，我家的米兰花开得正盛，满院皆是那淡雅的兰花香。在这特殊的时期，我还能与兰为伴，享受这醉人的花香，享受这岁月的静好，这都得益于前方如白衣天使这类的"逆行者"，是他们为百姓负重前行！他们的大爱，让生命之花常开不败；他们的品质，如同米兰花一样，令人敬佩和喜爱。他们如同米兰花，虽不张扬，却在默默地为这个世界奉献着自己的芬芳与力量，用爱诠释着生命的意义，让我们在艰难的时刻，依然能感受到希望与温暖，如同那米兰花的香气，萦绕在我们心间，永不消散。

或许，在那些忙碌的抗疫日子里，白衣天使们在短暂的休息间隙，也曾偶然闻到过这淡淡的米兰花香。那花香，就如同他们带给人们的希望之光，虽然细微，却充满了力量，照亮了我们前行的道路，让我们坚信，无论遇到多大的困难，只要有爱，生命就会绽放出绚烂的花朵，就如同这平凡而又伟大的米兰花一样。

花草情韵

　　我喜欢种花种草，因为能让我心生愉悦，且能修身养性。

　　小时候，我跟随母亲在林场生活过两三年。林场到处都是绿葱葱的树木，爱美的大姐姐们把加上颜料的蜡烛煮溶，用手指沾上，迅速放到水里脱落，做成许多花瓣，再把尾端稍微烧溶，一瓣一瓣粘叠起来，有的形似花骨朵，有的含苞待放，有的吐蕊怒放。然后砍来带刺的灌木，一朵一朵插在枝条上，绿叶衬托着"红花"，真好看。这些给枯燥平淡的生活增添了不少色彩。

　　后来，跟随在县城工作的父亲，我来到了城里，住进了新楼房。我家位于一楼，阳台成了外婆和妈妈的小花园，芦荟、薄荷和菊花等在此安了家。那时的我尚小，还不懂得什么是闲情雅趣，只是懵懂地跟着大人们侍弄这些花草，并未刻意去打理。父亲曾说，如果没有晾衣服的水滴落下，它们或许会因干涸而消逝。那时的我，对花草谈不上热爱，却也没有丝毫的厌恶，它们就像生活中平凡的过客，在我的记忆里留下了淡淡的痕迹。

　　初秋的一天，我无意间将菊花顶部的枝条掐下，插入花盆，浇上清水。未曾想，不久之后，嫩绿的叶子竟从枝条上探出了头！待它长高些，我再次掐掉顶上的芯，它又萌生出了分枝。中秋佳节，那盆菊花绽放出了黄色的花朵，如一轮金黄的小太阳，温暖而耀眼。那抹黄色，一直陪伴我度过深秋，直至凋零。我被花的生命之神奇深深震撼。从此，我对养花产生了浓厚的兴趣。

当我拥有了自己的小家后，阳台和外面的空地便成了我心中的花园胜地。尽管生活并不宽裕，但对于种花养草，我却毫不吝啬。我精心选购了各种各样的花种，兰花的高雅、栀子花的清幽、郁金香的娇艳、玫瑰的浪漫、康乃馨的温馨……每种花都有着独特的美丽和迷人的香气。

每年除夕，当家家户户都沉浸在团圆饭的忙碌与欢乐中时，我却偏爱到花市去逛逛。那热闹非凡的花市，是一场视觉与心灵的盛宴。五彩斑斓的花朵争奇斗艳，馥郁的芬芳弥漫在空气中。而此时，大部分摊主因急于回家团聚，总会将一些花便宜卖掉，甚至丢弃。我就像一个寻宝者，在这花的海洋里淘上一些心仪的花朵，满载而归。那些被我拯救的花儿，在我的呵护下，重新焕发出生命的光彩，它们也成了我除夕记忆中最独特的风景。

随着生活水平日益提高，我与花的缘分也越发深厚。家附近的每家花店都留下了我的足迹，我在那五彩的花海中穿梭。我还时常在网上购买花种，隔三岔五，快递员送来的三角形纸箱便成了我最期待的礼物。打开包装的那一刻，仿佛是打开了一个充满惊喜和希望的宝藏盒子。我小心翼翼地将花种在花盆里，期待着它们在我的照料下生根发芽、绽放美丽。

我买过的花，多得数不清，可只要看到喜欢的，还是忍不住要买。若不将它们带回家，心中便会一直心心念念。遇到价格便宜的，就毫不犹豫地下单。若是不小心养死了，心中满是不甘，定要再买一次。当养得好的花受到他人夸奖时，内心便沾沾自喜，同时又迫不及待地去购买其他品种或颜色的花。在这一次次的购买、养护过程中，我对花草的热爱愈发深沉。

种养花草，是一门需要细心与耐心的技术活儿。在多年的"花匠"生涯中，我学会了耐心和细心。每一个清晨，阳光透过斑驳的树叶洒在花草上，我便浇水，仔细观察它们的生长。新芽的萌发、嫩叶的舒展、鲜花的绽放，都令我欣喜若狂。

它们就像是我精心呵护的孩子，我用爱与关怀滋养着它们，它们则用美丽和芬芳回报着我。当花朵盛开得无比绚烂时，那五彩斑斓的色彩仿佛是阳光在花瓣上跳跃，我的心情也随之开朗起来，如同阴霾的天空被阳光穿透，洒满了温暖与希望。而如果发现花草的叶子变黄，我便仔细检查是否缺水，或是施肥过度。每一次浇水，每一次修剪，都是我与花草之间无声的对话，是我对它们深深的关爱与呵护。在这一过程中，花草们用它们的美丽，为我编织出了一幅充满生活美好的画卷，让我感受到了生命的奇迹与喜悦。

我的花花草草，如一座充满魅力的花园，吸引着蝴蝶翩翩起舞，蜜蜂嘤嘤嗡嗡。它们也吸引了无数爱花之人。邻居、朋友们常常慕名而来，眼中满是羡慕与喜爱。看着他们那渴望的眼神，我心生慷慨，索性送一些花给他们。

我有一位朋友，在搬新居之时，买了鲜花绿植装扮新家，未曾想从此便爱上了养花，成了花迷。她时常来与我探讨养花的技艺，还会搬几盆我扦插多了的花回去。在这一来一往中，花成了我们之间的"桥梁"，承载着我们对生活的热爱和对美好的追求。我们在切磋养花技艺的同时，也加深了彼此的友情，如同两条溪流汇聚在一起，流淌出更加温暖而深厚的情谊。

种花养草，也是一种与自然亲近的方式。当我在花园里忙碌的时候，我可以感受到大自然的力量和生命的奇迹。在花草们的陪伴下，我与大自然融为一体，享受着和谐与宁静。花草需要阳光、水分和营养，它们也需要我们的关怀和呵护。只有用心去照料，才能看到最美的花朵绽放。

种花养草不仅仅是一种爱好，一种生活态度，更是心情的调节器，心灵的寄托。在紧张的生活中，照顾花草让我得以放松和平静。我喜欢观察它们的成长过程，看着它们一点点地变得茁壮和美丽。当我感到压力大或者心情不好时，只需要看一看那些花草，就会感到一股宁静和愉悦。我喜欢看缓缓开放的花朵、摇曳的叶子。

通过养花，我懂得了生命的脆弱与坚韧。曾有一盆兰花，在一场突如其来的暴雨后，叶片被打得七零八落，花朵也摇摇欲坠，我满心担忧它能否挺过这一劫。然而，在精心照料下，它却如一位顽强的战士，从脆弱中重新焕发生机，抽出新叶，再次绽放花朵。我深刻领悟到生命在困境中展现出的坚韧力量。它让我学会去欣赏每一片绿叶、每一朵花朵的美丽，也教会了我如何用耐心和细心去呵护生命的成长。无论是在阳光明媚的日子，还是在阴雨绵绵的时刻，我都会坚守着对花草的爱与守护。

种花养草，也是一种独特的情感表达。我曾在母亲生日时，精心挑选了一束盛开得最为绚烂的康乃馨，那花瓣娇艳欲滴，似在诉说着我的深情。当母亲接过花束，眼中闪烁的惊喜与感动的泪花。我明白了，花是美丽的象征，也是情感的纽带。每一朵花里都藏着我对亲人的爱、对朋友的关怀，它们如同无声的信使，跨越言语的障碍，将我的心与所爱的人紧紧相连，在彼此的生命中留下一抹永不褪色的温暖。花开花落，岁月流转，但这份花草情韵，将永远在我心中流淌，成为我生活中最动人的诗篇。

恋上三角梅

九月，秋意渐浓，我家的小花园别有一番景致。

花花草草历经夏日的炙烤与暴雨的洗礼，姿态各异。爬藤植物未达顶端便夭折，栀子花和杜鹃花徒留花苞未绽放，含笑与兰花也已凋零。我虽心有不甘地补上，却也无奈。唯有三角梅，成为小花园里最耀眼的风景。

三角梅，又名簕杜鹃，灌木与爬藤兼之，在湛江颇为常见，被北方花友戏称"小三"。

我初次养三角梅，是从走街串巷的花贩子处购得。那是一盆手指粗细、树干笔直、树冠茂密的盆景，高约六七十厘米。我将它放在阳台佳处，予其阳光温度。定期施肥，精心培育。不久，三角梅开花了。每一朵都呈三角状，花瓣边缘略带褶皱，细腻的纹理仿佛记录着它生长的岁月。紫红色的花瓣颜色浓郁而富有层次感，从花心的深紫逐渐向外晕染成浅紫，在阳光的照耀下，闪烁着迷人的光泽。它的花蕊细长而金黄，如同点睛之笔，为整个花朵增添了一份灵动与活泼。三角梅的生命力旺盛，生长迅速，邻居家的常伸至我家，遮了花草阳光。我家的三角梅也伸进邻居家。我剪下粗壮枝条，选些半木质化的剪成段插入花盆，权当尝试，看其生命力是否顽强。

老同学妙建楼前向我要易活绿植，我挑了茉莉、鸭脚木等，她却执意要走扦插不久的三角梅。去年，她发来视频，那紫红三角梅已爬上围墙，花开烂漫。我惊叹之余，才想起曾赠予她。她还想让我再培育一棵大红色的，种在另一边围墙，想必两种红色交织会很壮观。不得不承认她养得比我好，我也因此决定多养三角梅。

三角梅的花语丰富而深刻，象征着爱情、友谊与美好祝福。爱情如炽热火焰，能点燃内心深处的情感，让生命更温暖美好，鼓励我们勇敢追求真挚热烈的感情。友谊似忠实伙伴，花朵簇拥象征着友谊的紧密团结，陪伴我们经历生活的喜怒哀乐，让友谊在岁月中愈发深厚坚定。

记得那次与好友误会后，我独自坐在阳台上，望着三角梅发呆。午后的阳光洒在花朵上，微风轻拂，三角梅轻轻摇曳，仿佛在轻声安慰我。当时的我，内心充满了纠结和不安，而三角梅那顽强绽放的姿态，让我渐渐冷静下来。我开始反思自己在友谊中的不足，也明白了真正的友谊需要用心去维护和珍惜。我感受到了三角梅的美丽，也从它身上汲取了面对问题的勇气和力量。

南方城市绿化带与农村空置地，随处可见三角梅，也深受花卉爱好者喜爱。在南方城市文化中，它是热情与活力的象征。它那绚丽多彩的花朵，为城市的大街小巷增添生机与活力，展现着独特魅力，成为南方城市的一张名片，代表着温暖气候、热情人民和充满活力的生活节奏。

三角梅象征着生命的顽强与不息。三角梅习性极好，耐贫瘠，如坚韧行者；爱阳光，似追梦勇者；坚强挺拔，像屹立的卫士。它不畏艰难，只要有一丝生机，就会努力生长、开花。在贫瘠土地或经历自然灾害后，仍能顽强复苏，绽放美丽花朵。它让我们看到生命的坚韧不屈，给我们启发：无论遇到多大困难挫折，都要保持对生命的热爱和对未来的希望，战胜艰难险阻。像三角梅一样在艰难环境中绽放绚丽之花，，实现价值，书写精彩篇章。

在未来，我会继续与三角梅为伴，从它身上汲取更多力量和智慧，让生活如三角梅的花朵般绚丽多彩且充满意义。相信只要用心感受领悟，生活中处处都有像三角梅这样的美好存在，它们将成为人生宝贵财富，引领我们走向美好未来。

愿每个人都能在自己的生活中找到属于自己的"三角梅"，让它陪伴我们走过人生的风风雨雨，见证我们的成长与进步，为我们的生活增添无尽的色彩和意义。让我们学会从这些美好的事物中汲取力量，勇敢地面对生活的挑战，用积极乐观的态度去书写属于自己的精彩人生篇章。

火红凤凰
醉遂城

在遂溪县城，青年运河如同青罗带，悠悠穿城而过，两岸则是翠色欲流的草木，宛如天然的翠屏，环护着这一方水土。

当五月的阳光轻轻洒在运河上，遂城的凤凰花也绽放了它的炽热。在运河西岸的源河酒店前面，有一株凤凰树尤为引人注目，是一道靓丽的风景。运河两岸是市民悠闲的好去处，他们经常来此散步。这棵凤凰树引得无数行人驻足，如痴如醉地观赏。

每年凤凰花开的时节，我都特意到运河边，用手机从不同角度不同方位拍照，慢慢地欣赏它。

远观，它挺拔的身姿，繁茂的枝叶，以及那盛开的凤凰花，犹如一幅流动的诗篇。它静静地诉说着时光的流转，草木的深情，以及那一段又一段关于凤凰花的不老传说。一阵微风拂过，花朵轻颤，似有凤鸣之声，低低回旋在空气中。

近看，凤凰木的树冠如同撑开的大伞，叶如飞凤之羽，轻盈而飘逸。翠绿的叶片中点缀着簇簇火焰般的花朵，在微风中轻轻摇曳。每朵凤凰花都由五片鲜红色的花瓣组成，边缘略带黄晕，宛如凤凰的尾羽，炽热而灿烂，灵动而多彩。花瓣中央是长长的雄蕊，金黄色的花药与花瓣相映成趣，宛如凤凰的冠冕，热烈而奔放，将运河两岸装点成了一幅动人的画卷。

在我看来，凤凰花的名字本身就带着一种诗意的浪漫。那凤凰花的开放，是对夏日的礼赞，也是一种生命的蓬勃与热情。它们在绿叶的簇拥下，犹如火焰般燃烧，照亮了每一个驻足的目光。

有不少身穿漂亮衣服的女子在树下拍照，与美丽的凤凰花相映红，仿佛也是一朵朵美丽的凤凰花。站在凤凰树下，望着那火红的花朵与波光粼粼的运河水相映成画，我不禁让人想起那些古老的传说。或许，就在这运河的某一个转角，凤凰将会振翅而飞，带走所有的忧愁，留下一片永恒的美丽。

凤凰花的美，不只是外在的火红，还有内在的坚韧与活力的展现。它以自己独特的方式，诠释着生命的热情与对美好未来的向往。每一次的凋谢，都是为了下一次更加绚烂的绽放，正如凤凰涅槃，浴火重生。

凤凰木不单是一种美丽的景观树种，还是一种具有顽强生命力的植物。它耐旱、耐盐碱，能够在多种环境中茁壮成长。这种特性使得凤凰，是一种装饰性的植物，也是一种象征着坚韧不拔和勃勃生机的精神符号。这种精神与遂溪人精神一脉相承，所以，遂溪人才这么喜爱凤凰花。

凤凰花的花语是离别和思念，或许是由于它在春夏之交盛开，恰逢毕业季，象征着青春的暂别与未来的期待。

每次漫步在运河边，凤凰花的倩影总能轻柔地勾起我对童年的深深怀念。小时候，我跟随父亲在公安局住。公安局大院，一个充满威严而又不失生活气息的地方，它不仅是司法的象征，也是我童年回忆的乐园。大院大门口外有一棵凤凰树，仿佛一位沉默的守望者，见证了岁月里无数温馨的篇章。在那里，我结识了小晖、殷红和李兰等小伙伴，成了无话不说的好朋友，我们一起嬉笑打闹，一起成长，凤凰花见证了我们的友情。

那棵伟岸的凤凰树，如父辈们般保护着我们，用它宽阔的树冠为我们遮挡炎炎烈日。树下有一位经常穿着白衣服、精神矍铄又和蔼可亲的老爷爷在卖雪条和甘蔗，后来得知他是一位公安战线退休干部，摆摊是为了守望他曾工作过的地方，赚钱是其次。他的雪条和甘蔗，成了我们记忆中最甜蜜的味道。

年少的我们，能有一两毛钱的零花钱就很奢侈了。我们利用课余时间捡烂铁、破纸和玻璃碎片赚取微薄的收入，只为在炽热的午后，换取一根五分钱的雪条，或是几截甘蔗的清甜，一起解解馋，一起在凤凰树下分享劳动成果的快乐。那种靠自己双手劳动所得的满足感，比任何糖果都要来得甜美。

然而，离别的时刻总是难免。那年的夏日，凤凰花开得正火红时，我们小学毕业了。李兰的父亲调动工作了，她随父亲到了草潭派出所。我们在凤凰花的簇拥下合影留念，互赠礼物，并许下了常联系的诺言。

岁月荏苒，凤凰花依旧年年盛开，我也跟随父亲离开了公安局大院，住在遂城的另一个地方。然而，童年伙伴们的笑容和凤凰树下的欢乐时光，却永远镌刻在了我的心中。

多年后，随着城市建设的变迁，凤凰树也完成了它的历史使命。当我们在遂城再次聚首，童年的趣事，尤其是火红的凤凰花，成为彼此间的共同话题。我们的"凤凰树下的童年"微信群，让那些泛黄的记忆再次鲜活起来。我们分享着昔日的照片，凤凰树下的身影，那些黑白影像仿佛诉说着无声的故事，让我们重温那段无法忘怀的童年时光。

火红的凤凰花，红色的童年，最令我难忘！

红树的甜蜜

契约

　　朋友赠我一瓶蜂蜜，是一瓶独特的海榄花蜜，承载着大海的气息与阳光的味道。朋友告诉我，这是纯天然绿色营养食品，不沾农药，未染尘埃，纯净得如同朝露。

　　于我而言，荔枝蜜、桂花蜜是熟悉的甜蜜，可海榄花蜜，却是我生命中前所未有的新奇邂逅。我将这瓶海榄花蜜捧于掌心，如捧着一颗珍贵的琥珀明珠。那蜜色，恰似阳光穿透古老森林后凝聚而成的琥珀色，晶莹剔透。轻轻打开盖子，一股清香仿若海上吹来的微风，带着咸咸的海韵和甜甜的花香，扑面而来，瞬间将我萦绕。我小心翼翼地挖出一小勺，将其放入水杯中，再注入清澈的水。轻轻搅匀，那蜜在水中旋舞、交融。我轻抿一口，醇厚的甜蜜在舌尖上化开，略带淡淡的海腥味，那是大海独特的印记。这种独特的味道不仅没有破坏甜蜜的和谐，反而为这甜蜜增添了几分神秘，清甜舒喉。

　　朋友的老家在海边一个如诗如画的渔村，三代为蜂农，那是与蜜蜂和花朵为伴的诗意传承。她告诉我，海榄花蜜的蜜源植物，是广东湛江海滩涂上那片神奇的红树林中的红海榄花和桐花。湛江红树林国家级自然保护区，是大自然馈赠的瑰宝，是我国面积最大的海岸红树林湿地。在这个绿色海洋王国，珍藏着无数珍贵的物种。

每年三月，阳光轻柔地洒在大地上，美好的时节里，红树林如一片神秘的海上花园，与陆地上的树林遥相呼应，百花盛开，似天边的彩霞般姹紫嫣红。朋友和家人闻花而动，如同奔赴一场与春天和大海的约会。他们带着蜂箱，来到海边守候着甜蜜的诞生。红海榄和桐花树开的花，是蜜蜂的最爱。每当潮水如羞涩的少女般缓缓退去，红树林像是从大海的怀抱中苏醒，露出那伟岸的身躯，树上的花儿也如同盛装的舞者，在微风中争奇斗艳。这时，蜜蜂从一个个蜂箱中倾巢而出，如同出征的勇士，嗡嗡嗡嗡地叫着，那声音是它们奏响的劳动乐章。它们飞舞在红海榄和桐花树上，在花蕊间穿梭，用纤细的腿采集花粉，身影在花丛中忽隐忽现，仿佛是花之精灵在翩翩起舞。然后，带着满满的收获飞回蜂箱里，用它们的辛勤与智慧，酿出了这香甜可口的海榄花蜜。

海榄花蜜，是大自然精心调制的滋补圣品，富含人体健康所需的各种元素，是生命的活力源泉。它可以作为滋补蜜，滋养人们的身心，为疲惫的灵魂注入甜蜜的力量；也可化为美容面膜，轻敷在脸上，如同将红树林的生机与活力融入肌肤，让肌肤焕发出青春的光彩。

在我国悠久的历史长河中，采海榄花蜜的传统自古有之，晋朝《名医别录》中就有记载，那古老的文字如同穿越时空的信使，向我们诉说着海榄花蜜的香味和营养价值俱佳。

我捧着这瓶海榄花蜜，心中满是惊诧，难以想象那长在苦涩海水中的海榄树，竟对人类有着如此丰厚的馈赠。我的灵魂仿佛被一根无形的丝线牵引，不由自主地对它产生了浓郁而深沉的兴趣。

海榄树的根系如大地深处伸出的坚韧触手，无比发达，蕴含着生命最顽强的力量，在苦涩海水中屹立不倒，展现出令人惊叹的生命力。它是大海的守护者，拥有净化海水的神奇魔力，轻轻拂去海水的污浊；它是防风消浪的勇士，每当狂风呼啸、海浪汹涌，它用自己坚韧的身躯，组成一道绿色的长城，阻挡着风浪的侵袭；它是促淤保滩的能工巧匠，用自己的智慧，让海滩变得更加肥沃；它是固岸护堤的忠诚卫士，紧紧守护着海岸，抵御着台风那恶魔般的肆虐。因此，它被赋予了"海上森林""海洋绿肺"等美誉，是大自然对它最高的赞誉。可是它又如此的脆弱，受过污染的海榄树，就像失去了魔法的精灵，难以长成参天大树，无法绽放出绚丽的花朵，难以吸引蜜蜂采蜜，更别说酿造出可口的海榄花蜜。那甜蜜的源泉，需要我们用心去呵护。

在对红树的深入了解中，我对它的喜爱如同涨潮的海水，一波又一波地涌上心头。曾经，我只知道红树林被称为"海岸卫士"，那是一个遥远而模糊的概念。如今，我才明白，在那苦涩的"水之囚牢"中泡大的红树，不仅守护着我们的海岸，还能用它那美丽的花朵，酿造出海榄花蜜，为我们的生活增添甜蜜。它就像一位无私的母亲，在苦难中孕育出甜蜜，滋养着我们。

"一花一世界，一叶一菩提。爱出者爱返，福往者福来。"人与人之间是情感与善意的交织，是互惠互利的美好循环，而人类与大自然又何尝不是如此呢？海榄树能在湛江这方海域成林成海，成为令人惊叹的"海上森林"，那是湛江人用爱与责任书写的传奇。年复一年，一代又一代的湛江人，如同守护自己的孩子般守护着红树林。他们在海边巡逻，阻止可能伤害红树林的行为；他们积极参与环保活动，向更多的人宣传红树林的重要性；他们用心呵护着这片绿色的海洋家园，哪怕面对风雨和困难，也从未放弃。而海榄花，则以那甜蜜的"蜜"作为回馈，这是大自然对人类爱的回应。这甜蜜，是味蕾上的享受，也是人与自然和谐共生的象征，是一份跨越物种的甜蜜契约，它将我们与大自然紧紧相连，让我们明白，当我们用心守护自然时，自然也会用它的方式，为我们的生命注入甜蜜与希望。

　　在地球上，还有无数像海榄树和湛江人这样的故事。古老的森林、奔腾的河流、巍峨的山脉，都在与人类谱写着一曲曲爱的乐章。珍惜这份甜蜜的契约吧！守护大自然，让那甜蜜的源泉永不干涸，让人与自然的和谐之美永远绽放。因为，在这甜蜜的背后，是我们共同的未来，是生命与生命之间最深情的拥抱。

昙花之约

与昙花的相遇，是我生命中一段刻骨铭心的经历。

多年前，我网购了几株昙花苗。每一棵都只是十多厘米长的小小一截，怯生生地探出一两个娇嫩的小叶片儿，宛如初入尘世的稚童，懵懂而又充满生机。

那嫩绿的叶片，微微颤动，仿佛在轻声诉说着对这个世界的好奇与期待，瞬间触动了我内心深处的柔软。

在我精心的呵护下，昙花宛如茁壮成长的少年，逐渐展现出它的盎然生机。叶片愈发翠绿，恰似精心雕琢的碧玉，那深邃的绿色中仿佛流淌着生命的活力源泉，每一片叶子都在阳光的照耀下闪烁着生命的光泽；枝干愈发挺拔，犹如坚韧不拔的立柱，稳稳地支撑着向上生长的力量。幸得防盗窗网如同坚实可靠的臂膀，为其提供支架搭护，让它能够昂首挺胸地迎接阳光的轻抚。我满心期待着那心心念念的"昙花一现"的奇观，如同怀揣着一个珍贵的梦想，每日都在盼望着它的绽放。

看着昙花在我的悉心照料下茁壮成长，我心中涌起一股难以言表的成就感和喜悦之情。那是一种如同看着自己的孩子逐渐长大成人的欣慰，每一点成长的痕迹都让我满心欢喜；是一种见证生命奇迹的喜悦，从那最初的小小苗芽到如今充满生机的模样，它让我真切地感受到了生命的顽强与神奇；更是一种对美好未来的无限憧憬，仿佛能看到它绽放时那令人陶醉的绝美瞬间。每一次望向它，我的心中都充满了温暖与希望，它就如同我生命中的一束光，照亮了我内心的世界，也让我对生命的美好有了更深刻的理解和期待。

昙花，其花语蕴含着深刻的哲理，是刹那间的美丽，亦是一瞬间的永恒，恰似夜空中那一闪而逝却璀璨无比的流星，虽短暂却在时光的长河中留下了最为耀眼的光芒。在等待它绽放的漫长时光里，我不禁沉浸于那些关于昙花的美妙诗词之中。宋代有诗句云："昙花一现可倾城，美人一顾可倾国。"此句将昙花的美丽与倾国倾城的美人相媲美，生动地凸显出昙花绽放时那令人惊心动魄的美。昙花的绽放的确极为短暂，然而就在那转瞬即逝的瞬间，它却能释放出无与伦比的魅力，如同一位绝色佳人的惊鸿一瞥，让人难以忘怀。这不仅是视觉上的震撼，更是对心灵的触动，同时也警醒着人们要珍视那些稍纵即逝的美好，让我们懂得在匆忙的生活中停下脚步，去欣赏那些容易被忽略的瞬间之美。

昙花通常在夏季或秋季的静谧夜晚绽放，当环境的温度与湿度恰到好处时，它便如同一位羞涩的舞者，悄然踏上舞台，展现其芳华。

那是一个寻常却又不平凡的夜晚，我如往常一般去为昙花浇水，惊喜地发现它的花苞微微鼓起，洁白的花瓣已若隐若现，仿佛在向我透露着即将绽放的秘密。那一刻，我的心瞬间被点燃，兴奋地呼唤老伴："快来看，昙花要开了！"老伴一向不赞同我在家中种植花草，觉得它们烦琐又占地方，唯独昙花让我在这一方天地中寻得了别样的慰藉。昙花的神奇与美丽，仿佛有一种无形的魔力，又有谁能真正抗拒呢？

我和老伴迫不及待地凑近去观察花苞的变化，眼睛一眨不眨，生怕错过那稍纵即逝的美丽瞬间。等待昙花绽放的时光，我的心如同一只不安分的小鹿，在胸腔里横冲直撞，每一分每一秒都充满了期待与焦急。时间仿佛变得格外漫长，而我们的心情也愈发紧张和兴奋，如同等待一场盛大的庆典拉开帷幕。

　　随着夜色渐深，宛如一层神秘的薄纱轻轻笼罩着世界，昙花终于在这梦幻般的氛围中缓缓张开了它的花苞。洁白的花瓣如雪花般纯净无瑕，每一片都散发着柔和的光泽，仿佛是大自然用最细腻的笔触精心绘制而成；花蕊中散发着淡淡的清香，那是一种独特的、淡雅的芬芳，令人陶醉其中。那花瓣层层叠叠，细腻如丝，微微卷曲着，仿佛是一位羞涩的少女轻轻舒展着自己的裙摆，每一个动作都充满了优雅与矜持。昙花的姿态是那样的优雅，那样的高贵，在夜色中，宛如一轮皎洁的明月高悬，散发着柔和的光芒，不愧有"月光美人"之称。它静静地伫立在那里，仿佛整个世界都为它而静止，所有的喧嚣都在这一刻远去，只剩下这一朵昙花在夜空中独自绽放，展现着它无与伦比的美丽。

　　渐渐地，那股香气弥漫开来，似有若无，若即若离。它不像玫瑰那般浓烈奔放，热烈得让人无法忽视；也不像茉莉那般清新淡雅，清新得近乎单调。它是一种独特的、淡雅的芬芳，那香气仿佛是从遥远的天际飘来，带着一丝神秘的气息，如同一个古老而迷人的传说，让人陶醉其中无法自拔。它轻轻地萦绕在身边，如同温柔的手抚摸着脸颊，带来一种无比的宁静和舒适，让人的心灵仿佛也在这香气的洗礼下变得纯净而平和。那一刻，时间仿佛真的静止了，整个世界都沉浸在昙花的美丽与香气之中。我如痴如醉地贪婪地吸着那花香，仿佛要将这短暂的美好深深地印刻在灵魂深处。同时，我赶忙用手机拍下它绽放的过程，迫不及待地发到朋友圈，希望能与朋友们分享这份难以言喻的快乐，让他们也能感受到这瞬间的奇迹。

　　然而，美好的时光总是短暂的，如同夜空中划过的流星，虽然璀璨却转瞬即逝。三四个小时之后，花瓣慢慢失去光彩，渐渐合拢下垂，如精彩表演结束后的谢幕般，带着一丝落寞与不舍退场。看着那曾经娇艳欲滴的花瓣缓缓落下，我的心中充满了不舍，仿佛失去了一件无比珍贵的宝物。那柔软的花瓣，每一片都承载着我对昙花的喜爱和对这短暂美丽的眷恋。我轻轻地捡起落在地上的花瓣，那细腻的触感让我心中一阵酸楚，仿佛能感受到昙花生命的流逝。我把它放在一个精致的瓶子里，如同珍藏一份珍贵的回忆，一份关于生命的美丽与无常的记忆。

　　昙花的绽放与凋零，就像一场美丽而忧伤的梦境，让人感叹生命的璀璨与无常。它的绽放是如此的短暂，却又如此的绚烂，如同夜空中绽放的烟花，虽然瞬间消逝，但那绚烂的光芒却永远留在了我们的记忆中。它在刹那间释放出了所有的美丽，仿佛在告诉人们，生命的价值不在于长短，而在于是否精彩。它的美丽让人惊叹，它的短暂让人珍惜。"在乎曾经拥有，更在乎天长地久"，我们在生活中又该如何平衡呢？

　　昙花用它短暂而绚烂的一生为我们诠释了瞬间的美好，让我们明白，生活中的美好往往就在那些不经意的瞬间，我们需要用心去感受和珍惜。而我们在追求生命精彩的同时，也应思考如何在漫长的人生旅程中创造更多的价值。

　　我们不能仅仅满足于短暂的美好，更要努力让这些美好在岁月的长河中沉淀下来，成为我们生命中永恒的财富。就如同我们在生活中经历的那些美好的瞬间，无论是与家人共度的温馨时光，还是与朋友分享的快乐瞬间，抑或是自己在努力奋斗中取得的微小成就，这些都是生命中的闪光点。我们要学会珍惜这些瞬间，让它们如同繁星般点缀我们的生命长河。

同时，我们也要努力去追寻那些能够长久留存的美好，比如深厚的亲情、真挚的友情、坚定的理想和不懈的追求。这些长久的美好将成为我们生命的基石，支撑着我们在人生的道路上不断前行。只有这样，我们才能使生命既拥有璀璨的瞬间，又能在岁月的流转中沉淀出深厚的价值。如此，我们或许便能更好地领悟生命的真谛，在短暂与长久之间找到属于自己的平衡，书写出属于我们自己的生命的璀璨华章。

与昙花的这次相遇，让我对生命有了更深的理解和感悟。它不仅仅是一次关于植物的观察和体验，更是一次心灵的洗礼和成长。

番石榴之美

我踏入那片洋溢着浓郁热带风情的土地，炽热的阳光仿若金色的纱幔，热烈地披洒在身上，微风宛如轻盈的舞者，温柔地拂过，带着海洋那咸湿而清新的气息。漫步于乡间的小径，一片盎然的绿意瞬间吸引了我的目光。那是一片错落有致的番石榴树林，翠绿的叶子在阳光的照耀下闪烁着生命的光泽，仿佛是大自然精心编织的绿色锦缎，我仿佛一下子走进了一个如梦如幻的童话世界。

走近番石榴树，只见一个个小巧玲珑的果实犹如绿色的宝石般璀璨夺目地挂在枝头，那圆润的形状，可爱得让人忍不住心生欢喜。我情不自禁地摘下一个，轻轻一拧，番石榴便乖巧地脱离了树枝，落入我的掌心。那一刻，我仿佛握住了整个大自然慷慨的馈赠，心中满是欣喜与感动。

小心翼翼地剥开番石榴的果皮，那细腻的果肉便呈现在眼前。白色的果肉如羊脂玉般温润细腻，散发着淡淡的、若有若无的清香，仿佛是大自然赋予的独特芬芳。咬上一口，酸甜的滋味瞬间在口中散开，那独特的口感，犹如一场味蕾的盛宴，让我回味无穷。从那一刻起，我便对番石榴产生了浓厚而独特的兴趣。

后来，我开始深入了解番石榴的特点。它钟情于热带与亚热带的气候，在那里，阳光充足得如同无尽的宝藏，雨水丰沛得恰似润泽万物的甘霖。番石榴通常生长在海拔 500 - 2000 米左右的开阔地、林缘、山坡或耕地上。在这样得天独厚的环境里，番石榴树尽情地舒展着枝叶，它们像一群欢快的孩子，贪婪地吮吸着大自然的养分。高大的树木如同坚强的卫士，为它们遮挡狂风的肆虐；肥沃的土壤好似温暖的怀抱，给予它们坚实的根基；温暖湿润的空气宛如轻柔的抚摸，给予它们温柔的拥抱。它们相互簇拥着，共同生长，形成一片生机勃勃的景象，仿佛在默默诉说着团结的力量。

番石榴的形状宛如一个个小巧精致的灯笼，圆润而可爱。有的是规整的球形，尽显对称之美；有的则微微扁圆，仿佛是大自然随性而又巧妙地勾勒出的艺术品。那翠绿的果皮，光滑而紧致，在阳光的照耀下，闪烁着生命的光泽，宛如翡翠般迷人。轻轻切开番石榴，露出那细腻的果肉。若是白色果肉的品种，如羊脂玉般温润，散发着淡淡的清香；若是红色果肉的品种，则如燃烧的火焰，热烈而奔放，充满了生命的活力。咬上一口，酸甜的滋味在口中散开，那独特的口感，让人仿佛置身于美妙的味觉仙境，回味无穷。

番石榴不仅口感鲜美，令人陶醉，还具有丰富的营养价值。它富含维生素 C、膳食纤维等多种营养成分，具有助消化、降血糖等诸多功效。它可以鲜食，让那酸甜的滋味在舌尖绽放；可以榨汁，成为一杯清爽可口的饮品；还可以制作成果酱，将美味长久保存。它在给人们带来美味享受的同时，也为健康增添了一份坚实的保障。

番石榴的产地主要分布在热带与亚热带地区。这些地方气候温暖湿润，宛如大自然为番石榴精心打造的摇篮，为番石榴的生长提供了得天独厚的条件。在那里，番石榴树如同绿色的海洋，无边无际地蔓延在大地之上。人们在这片充满希望的土地上辛勤劳作，挥洒着汗水，收获着大自然慷慨的馈赠。

在诗词的浩渺世界里，番石榴也有着它独特而迷人的身影。"榴枝婀娜榴实繁，榴膜轻明榴子鲜。"诗人以细腻如丝的笔触描绘了番石榴繁茂的枝叶和鲜美的果实，让人仿佛亲眼看见了一幅生机勃勃、充满诗意的番石榴画卷。番石榴在诗词中，不仅仅是一种普通的水果，更是诗人对大自然的赞美之情的深情寄托。它那翠绿的果皮、圆润的外形、细腻的果肉和独特的口感，都成了诗人笔下的一抹清新亮色，为炎热的夏日带来一丝沁人心脾的凉爽。"番石榴下绿荫浓，夏日清风意自融。"这句诗则生动地描绘了番石榴树下的浓浓绿荫和夏日清风的惬意悠然，让人在诗词的美妙意境中深切感受到番石榴带来的宁静与美好。番石榴用自己的美丽和甘甜，为诗词增添了一份别样的韵味，也让人们在品味诗词的同时，对番石榴有了更深刻、更细腻的认识和感悟。

番石榴最让我为之动容的，是它所蕴含的团结精神。当你轻轻切开一个番石榴，你会惊喜地发现那小小的石榴籽紧紧地簇拥在一起，拧成一团，仿佛在深情地诉说着团结的力量。它们相互依存，彼此支撑，共同构成了一个完整的番石榴。在这个纷繁复杂的世界上，我们不正应该像番石榴籽一样，紧密团结在一起，共同面对生活中的重重挑战吗？

无论是在温馨的家庭中，还是在忙碌的工作里，抑或是在广阔的社会舞台上，团结都是至关重要、不可或缺的。只有当我们团结一心，如同石榴籽般紧密相连，才能汇聚起强大的力量，克服艰难险阻，实现我们心中的目标。番石榴的团结精神，如同一盏明灯，照亮了我前行的道路，给了我深刻的启示和无尽的力量。它让我明白，无论我们来自何方，无论我们有着怎样的背景和经历，我们都可以像番石榴籽一样，紧紧地团结在一起，为了一个共同的目标而努力拼搏，绽放出属于我们的光芒。

番石榴，是大自然慷慨的馈赠，是旅途中意外的惊喜，是诗词世界里的一抹亮丽色彩。它的美味征服了我们的味蕾，展现了大自然的神奇，用你的产地诉说着大自然的偏爱，用你的诗词魅力传递着文化的韵味。而你所蕴含的团结精神，更是让我们在这个纷繁复杂的世界中，找到了一份温暖而坚定的力量。

花开的日子

2020 年，是不平凡的一年。随着 4 月 27 日中考高考毕业生的复学，5 月 11 日小学中学分批分时段返校，6 月 2 号有条件的幼儿园和特殊教育学校学生陆续返园返校。这些复学的场景，如希望的钟声，宣告抗疫防疫取得了胜利。而这胜利的背后，是无数人以血汗为墨、生命为笔书写而成。这让我不禁回忆起半年抗疫历程。

新春佳节，本应是阖家团圆、喜气洋洋的温馨时刻，大地也本该是春意盎然、生机勃勃。然而，新冠病毒如汹涌的洪水，以排山倒海之势席卷而来，将这一切美好无情地碾碎。往日喧闹的街道，好像被抽干了生命的躯壳，冷冷清清，只有寒风在空荡荡的道路上呼啸；热闹非凡的住宅区，也像是被按下了静音键，寂静得让人害怕，曾经的欢声笑语被无尽的沉默所取代。这个春节，成了历史上最冷清、最黯淡无光的春节，整个世界仿佛被拖入了寒冷彻骨的寒冬深渊。

在这场没有硝烟却残酷至极的战争中，全国人民以足不出户的坚毅决心，武汉以封城的悲壮壮举，共同铸就了抵御病毒的钢铁长城。禁足的日子，漫长而无聊。但每当想起前方医护工作人员和志愿者们，他们以生命为赌注，在病毒的枪林弹雨中奋勇前行，我们便深知，守在家中，就是对国家最有力的支持。

虽知寒冬必将过去，暖春定会来临，可每日不断攀升的确诊数字，却像一把把尖锐的钢针，刺痛着每一个人的心；那不时划破寂静的急迫救护车声，恰似死神挥舞镰刀的呼啸，让人心焦如焚，留下无法磨灭的伤痛。

我全家人积极响应国家号召，坚决做到足不出户。那段特殊时期，口罩和消毒水比黄金还珍贵。在一罩难求的艰难时刻，家中仅有的口罩，都留给了两三天出去采购生活必需品的老公。每次他准备出门，孩子们那充满担忧的声音便会响起："戴口罩！多买些方便面回来，尽量少出去。一定要小心点，别染上病毒！"

老公回来后会谨慎地洗手，小心翼翼地解下口罩和外套，将它们挂在阳台通风处，以备下次使用。接着，他仔细地往所购物品喷洒消毒水，并给自己全身消毒一遍，再洗一次手。

有一天，我像往常一样在给门前的花草浇水。当我浇着花，习惯性地抬头望向二楼时，发现二楼邻居家阳台上的花已经有些日子无人打理了。那一刻，我才想起，他们全家回去探亲后，因疫情被隔离无法回来，而原本托隔壁照料的邻居一家春节前回乡下了，一直没有回来。看着那些无人照料的花儿，我的心中涌起一股莫名的酸楚，它们就像被遗忘的孩子，在孤独中等待。

我索性将水枪头调成水柱状，朝着楼上两家的阳台喷射。随着水珠的洒落，空气中原本弥漫的尘土气味渐渐消散，取而代之的是一种清新怡人的气息。我深深地呼吸着这来之不易的清新空气，心中感慨万千。水，这世间最纯净之物，它滋养万物，能洗涤污垢。那一刻，我多么希望这清澈的水能化作神奇的力量，将那可恶的病毒彻底清洗掉。

我就这样一边往楼上来来回回地喷水，一边沉浸在自己的遐想之中。

后来，我在微信上给两位邻居留言，字里行间充满了温暖与鼓励。我们相互打气，期待着春暖花开之时再次相聚。我们都知道，虽然错过了一些花开的日子，但只要我们心怀希望，未来一定会有更绚烂的花朵盛开，迎接大家平安归来。

在居家抗疫的日子里，我悉心打理的花儿愈发娇艳，引得邻居们纷纷驻足观赏。他们夸赞我家就像一座美丽的花园，我的心中满是开心与得意。这小小的花园，仿佛成了疫情阴霾下的一方净土，给大家带来了一丝慰藉。

门前行人逐渐多了起来。有一天，我发现有陌生的面孔在附近出入，而且居然没有佩戴口罩。我赶忙走上前去提醒："不是本小区的居民就请不要进来了，这既是为了大家的安全着想，也是为了您自己好。等到疫情过后，欢迎你们来欣赏这些美丽的花朵。"

新冠肺炎如一场噩梦，在寒冷的冬天悄然降临，又在生机勃勃的春天里与我们顽强对抗。在抗疫的战场上，有无数令人动容的身影。有一位年轻的护士，连续奋战十几个小时后，防护服下的衣衫早已被汗水湿透，紧紧地贴在她疲惫的身躯上。她的脸上是深深的口罩勒痕，双手被消毒水浸得发白，布满了褶皱。可当她面对患者那充满恐惧的眼神时，依然强撑着疲惫的身体，露出温暖的笑容。那笑容如同黑暗中的一束光，为患者带来希望。还有那些医生，他们夜以继日地研究治疗方案，双眼布满血丝，却从未有过一丝懈怠。他们在病房里穿梭，如同守护生命的天使，用自己的专业和爱心，与死神争夺每一个生命。

正是这些平凡而又伟大的人们，汇聚成了抗疫的磅礴力量，让我们在春天里顽强抵抗住了病毒的侵袭。当炎炎夏日来临之时，病毒那曾经不可一世的嚣张气焰终于被我们扑灭。中国人在这场抗疫战争中的表现，令世界为之惊叹。当国外疫情还在如野火般蔓延之时，我们已经在自己的土地上重新找回了安宁与希望。

　　在这场艰苦卓绝的抗疫战争中，我们看到了每一个中国人的担当，从政府到民众，从医护人员到志愿者，大家众志成城，汇聚成一股坚不可摧的力量。这种力量，正是中华民族历经千年而不倒的民族精神在新时代的闪耀。它让我们在寒冬中坚守，在春天里奋进，在夏天收获胜利。我们才为自己是华夏儿女而倍感骄傲，这种民族精神将如璀璨星辰，照亮我们民族未来前行的漫漫征途，让我们在面对任何艰难险阻时，都能怀揣希望，奋勇向前。

金桂韵里
岁月香

那棵已生长了十多年的桂花树，无疑是我家绿植中的翘楚，堪称"镇家之宝"。它卓然挺立于家门口最为显眼之处，是一位岁月的守望者。

最初，我对桂花的喜爱，源自其超凡脱俗的风姿。它树干笔直，似昂首挺胸的君子，傲然于世。枝叶郁郁葱葱，仿佛为其精心裁剪的翠色披风，十分优雅。而那一朵朵金黄的小花，如繁星点点，疏密相间地隐匿于翠叶之间。每当微风徐来，阵阵暗香便如精灵，在空气中悄然舞动。我缓缓走近，那馥郁的芬芳瞬间将我包围，如踏入了一个被金色光辉笼罩的梦幻之境。秋风恰似温柔的画师，轻轻一挥笔，桂花树便随之翩翩起舞，金黄的花瓣如雪花般纷纷扬扬飘落，铺就一地金黄，这般景致，美得动人心弦，让我深深沉醉其中。

桂花不仅有迷人的外表，在美食的天地里亦占据着独特的地位，成为人们舌尖上难以抗拒的诱惑。它是制作各类美食的绝佳食材，桂花糕软糯香甜，入口即化；桂花糖藕清脆爽口，甜而不腻，丝丝缕缕的甜香在齿间缠绕，久久不散；桂花酒更是浓郁醇厚，一杯下肚，仿佛能品尽岁月的悠长。每次品尝这些桂花美食，醉人的甜香唤醒了味蕾的激情，也唤起了我内心深处对秋日美好时光的眷恋。毛主席笔下"吴刚捧出桂花酒"的豪迈与浪漫，更为桂花披上了一层神秘而迷人的诗意面纱，让人不禁心驰神往。

在古代宫廷的盛宴之上，桂花酒也常常是增添欢乐氛围的佳酿，象征着吉祥与美满；而民间每至中秋佳节，阖家团圆之际，桂花糕、桂花茶更是必不可少的美味。人们在品尝这些桂花美食之时，也是在用心感受桂花所蕴含的团圆、美好的深刻寓意。

自古以来，桂花便被视作吉祥、美好与荣誉的象征，文人墨客们以其生花妙笔，留下了无数赞美桂花的优美诗句。"桂子月中落，天香云外飘"，生动地描绘出桂花的香气如来自天际，超凡脱俗，给人以遐想的空间。在众多文学作品中，桂花更是承载着人们对美好生活的向往与期盼。无论是宫廷文学中典雅华贵的描绘，还是民间诗词里质朴纯真的表达，桂花的形象总是与高雅、清幽紧密相连。历经岁月的沉淀与洗礼，桂花的文化内涵愈发醇厚浓郁，流淌在中华民族的文化记忆长河之中。

桂花树也是园林景观中备受青睐的树种。在公园的幽静角落，那一抹桂香能为漫步其间的人们带来片刻的宁静与惬意；在庭院的深邃之处，它如同一位优雅的宾客，为庭院增添了一份温馨与诗意；在道路两旁的绿化带里，桂花树也以其独特的魅力，吸引着路人在忙碌的奔波中停下匆忙的脚步，去感受大自然赋予的美好。在这些地方，我每次路过桂花树旁，总会不由自主地放慢脚步，轻轻闭上眼睛，深深吸一口那醉人的芬芳，脸上自然而然地浮现出惬意的笑容，仿佛在这短暂的瞬间，所有尘世的疲惫与烦恼都被那一缕桂香悄然拂去。

又逢桂花盛开时节，左邻右舍又纷纷前来我家赏桂，沉醉在其迷人的芬芳之中，口中不住地赞叹："啊，真香啊，这味道实在是妙！"有人当即表示定要在家中养上一棵桂花树，向我要树苗，我统统答应。

桂花的繁殖颇为容易。我将修剪下来的枝条精心挑选，实在舍不得丢弃，于是将它们剪成约十厘米长的小段，插入湿润且疏松透气的盆土里，然后放置在阴凉通风之处，每日怀着满心的期待悉心照料，仿佛是在精心呵护着一个个即将降临世间的新生命。不久之后，嫩绿的芽尖便如破土而出的春笋，似一个个充满活力的小精灵，小心翼翼地探出头来，好奇地张望着这个新奇的世界。待其长到一定高度，叶片愈发繁茂之时，我再小心翼翼地将它们移栽到花盆之中。

我将桂花苗赠予邻居，他们个个惊喜万分，连声道谢。玲姑娘双手小心翼翼地接过苗，脸上洋溢着喜悦之情，说道："这可是难得的宝贝啊，我定会用心照料，日后咱们两家的桂花香定能萦绕满院，那该是何等的美妙。"自那以后，她时常来找我交流养桂的心得体会，从浇水的频次到施肥的种类，无一不细细探讨。我们因这小小的桂花而找到了共同的兴趣与话题，邻里之间的关系也因此愈发亲近融洽。李阿姨则满心欢喜地将桂花苗摆放在院子中最为显眼的位置，还特意拉着我一同前去观赏，说道："等它开花了，我要亲手制作桂花糖，第一个给你送来品尝。"我深切地感受到，这桂花树就如同一条无形却坚韧的纽带，将我与邻居们的心紧紧相连，让彼此之间的情谊愈发深厚绵长。

在我眼里，桂花树是一位默默相伴的挚友，陪伴我度过了无数难忘的岁月。犹记得那个秋日的傍晚，我因生活中的挫折而心情低落，独自落寞地坐在桂花树下沉思。微风轻轻拂过，桂花如金色的雨丝般纷纷飘落，将我笼罩其中。它似乎在轻声告诉我，无论生活遭遇何种风雨的洗礼，都应如桂花一般，在属于自己的季节里，尽情绽放出最为绚烂的光彩，不畏艰难，不惧挫折。我静静地沉浸在桂花的芬芳里，思绪渐渐趋于平静，从这小小的花朵身上汲取到了乐观向上的力量。

在那些喜悦欢畅的时刻，桂花的香气仿佛也在为我欢呼雀跃。当我在工作上取得斐然成绩之时，站在树下，那浓郁的花香似乎在我耳畔轻声提醒，要始终保持谦逊低调，如同它般默默散发芬芳，不骄不躁，淡然处世。在宁静的夜晚，月光如水般洒在桂花树上，斑驳的树影错落有致地落在地上，我会静静地坐在树下，与桂花树分享内心深处的秘密，它就像一个最为忠实可靠的听众，用它的静谧与包容，默默承载着我的一切喜怒哀乐。

桂花树，这一自然慷慨馈赠的瑰宝，以其醉人的芬芳编织着生活的诗意画卷，以其深厚的文化底蕴润泽着人们的心灵家园。它是岁月长河中永不磨灭的美好印记，值得我们世世代代用心珍视与传承，让其香韵永远在时光中流淌，在人们的心间弥漫。

第二辑

情暖人间

小满未满，
爱意渐浓

今年的小满是 5 月 20 日，520 谐音就是"我爱你"。

小满是夏季的第二个节气。二十四节气里，有小暑有大暑，有小雪有大雪，有小寒有大寒，唯独有小满，却没有大满。年少时，我一直不明白为什么是这样。

23 年前的 5 月 21 日，这天是二十四节气的小满，我的女儿出生了。我给她取一个小名，就叫小满。这是非常有意义的巧合，也是上天赋予我的一份宝贵礼物。我亲昵地叫她"小满姑娘"。

因为女儿的缘故，我十分关注"小满"，明白了很多年少时不懂的东西。

等女儿大一点，我告诉她，小满节气的含义是：夏熟作物的籽粒开始灌浆饱满，但还未成熟，只是小满，还未大满。每年公历 5 月 20-22 日之间，当太阳到达黄经 60° 时开始为小满节气。

节气小满的含义源自其字面意思，即"小得满足"，它象征着自然界的物候和农作物生长到了一个"满而不盈"的阶段。在这个节气中，麦类等夏熟作物的籽粒开始饱满，但还未完全成熟，只是"小满"，预示着丰收的前奏。

在中国传统文化中，小满象征着一种谦虚和含蓄的美德。正如古人所说，"月满则亏，水满则溢"。这提示我们，万事万物发展到极致后往往会向相反的方向转变。因此，人们在追求知识、技能或物质财富时，应该保持"小满"状态，既不懈怠也不过激，始终持有谦虚的态度，以避免因自满而停滞不前。

我还对她说，她的名字不仅仅是一个标识，更是一个寓意深远的人生指南。就像小满这个节气一样，她在人生的旅途中要追求"小得满足"，永远保持对知识的渴望，对成就的谦卑，以及对未来的憧憬。将这种哲学应用到人的生活中，意味着我们应该不断追求成长和进步，但同时也要知足常乐，保持谦虚。谦虚是一种美德，它能帮助我们保持开放的心态，接纳新的知识和经验，也能让我们在成功时不骄傲自满，在失败时不灰心丧气。

此外，"小满"这一命名也体现了中国传统文化的中庸之道和生存哲学。"满招损，谦受益"。农作物在小满时节已有饱满趋势而未完全成熟，代表着对发展的持续追求而不止步于此，蕴含了中国人的智慧和对生活的深刻理解。

在小满姑娘的成长过程中，我不断给她指导，她也不断地影响我。她从小学开始，除了学校的课程，每个寒暑假都她主动要求读各种班，连舞蹈班和跆拳道都去上。我家的经济并不富裕，但我还是支持好学的女儿，让她做到德智体全面发展。

从初中开始，她就离开父母，到湛江市区读书。她容貌靓丽，身材苗条，身高近 1.7 米，被艺校一眼相中。但她还是选择学好文化课。初中毕业时，她以优异的成绩考上湛江一中。三年后，考上广州一所本科院校。她明白，像她这样普通人家的孩子，必须通过读书才能改变命运。

因此，大学四年，像在中学一样，她目标明确，刻苦学习，成绩优秀，还担任学生干部。年年拿奖学金，还加入了中共党组织。

去年，小满姑娘即将告别四年的大学生活，面临毕业后的就业、考研或考公的选择。她考虑到，自己学的理科专业偏向男性，对于女孩子来说找工作不容易；考研，又增加家庭经济压力；考选调生，自己符合各项要求，也有优势，但竞争很激烈。不管多难都勇往直前！于是，她选择考公务员。

经过几个月的努力备考，小满姑娘报考的广州市某区选调生，笔试成脱颖而出，位居第一名！我为此欣喜若狂，想跟亲朋好友分享。她却冷静地叫我不要张扬，还有面试。

听说面试很卷，没有后门，想通过面试难以上青天。我很焦虑，因为我们是平民老百姓，又在偏远的粤西小城，毫无关系可言。小满姑娘叫我不要想那么多，她会努力准备面试，结果就顺其自然了。

一路过五关斩六将，最后，小满姑娘的面试也通过了！我的女儿考上广州选调生了！选调生是后备干部，前途光明。我为有这样优秀的女儿感到骄傲！

我迫不及待地把这个好消息告诉亲朋好友，让他们分享我的喜悦。小满姑娘却说，要保持低调，要等录取通知书出来再说。

在一次又一次的焦急等待中，小满姑娘在她小满生日那天收到了最有意义的礼物——公示期满！终于尘埃落定，成功上岸。我的心像花儿怒放一样，我感到从没有过的轻松舒畅。

我想起，我曾经跟女儿说过的话：无论将来遇到什么困难和挑战，都要像小满这个名字一样，既有充实和成长的追求，也有知足和谦虚的智慧。这样的生活态度将帮助你成为一个既有所作为又平易近人的人，一个在人群中散发出独特魅力的人。

女儿如我所期待那样成长，甚至超越的期待。

当520遇见小满，就是喜欢和满足，撞了个满怀。人生不求大满，小满即是圆满，小满迎夏，夏藏芳华，人生小满须知足，将满未满是恰恰好。

我喜欢节气小满，更爱小满姑娘！

剑兰一样的父亲

剑兰是南方常见的植物，植株挺拔直立，叶片似长剑般修长翠绿。其花语丰富，如坚固、用心、节节上升、怀念之情等。在我的记忆深处，父亲如剑兰，静静地散发着独特的魅力，虽不张扬，却蕴含着力量与温情。

剑兰，修长挺拔的身姿犹如父亲在岁月中坚守的脊梁，那如剑般锋利且坚韧的叶片，无畏风雨，向着天空傲然伸展，恰似父亲在艰难岁月里的不屈姿态。

父亲年少时，便毅然投身于革命的洪流。他凭借着年龄的优势，勇敢地担当起游击队的地下送信员。他穿梭在危机四伏的街巷、村落，每一次行动都如同在刀尖上跳舞，稍有不慎便有生命危险。但是，他怀着对革命的执着与对未来的希望，如同剑兰在困境中对阳光的不懈追求，从未有过丝毫畏惧。

我英勇的二姑丈，在革命的道路上遭遇了叛徒的告密，不幸落入国民党反动派手里。敌人对他严刑拷打，但二姑丈始终紧咬牙关，绝不吐露半个字，哪怕敌人丧心病狂地割下他的耳朵，将其放入沸腾的大铁锅里煮，他也绝不屈服。听闻二姑丈壮烈牺牲的消息，父亲深受震撼，也更加坚定了他在革命道路上继续前行的决心。

历经残酷战争的磨砺，父亲如同剑兰在风雨的洗礼后，愈发坚韧不拔。最终，他成为一名光荣的中国共产党党员，在革命的征程中勇往直前，毫不退缩。新中国成立后，父亲积极参与到土地改革运动中。他怀揣着对农民的深厚情感和对新生活的美好憧憬，全身心地投入到工作中。在公安系统工作的日子里，父亲始终坚守岗位，以高度的责任感和使命感，守护着一方的安宁。他如剑兰直立的茎干，稳稳支撑使命，默默奉献，守护着一方的和谐与稳定。无论是面对狡猾的犯罪分子，还是处理复杂的纠纷，父亲都凭借着自己的智慧和勇气，妥善解决问题，赢得了百姓的信任和赞誉。

在生活中，父亲也是多才多艺。他对木工活有着独特的热爱和非凡的技艺。家中的许多家具，都是他亲手打造的。哥哥小时候，父亲为他精心制作了一支"驳壳枪"。看着儿子把惟妙惟肖的"驳壳枪"神气地挎在腰间，与小伙伴们玩"打仗"游戏，表现得英勇无畏，父亲欣慰地笑了。

我家有一张大木架床，是父亲做的。它历经了岁月的洗礼和多次的搬迁，却依然牢固如初，见证了家庭的变迁和温暖，也见证了两代人的成长。我在这张床上安然入睡，仿佛能感受到父亲的关爱与守护，就像剑兰默默地守护着自己的一方土地，不离不弃。

父亲的才华还体现在他对缝纫和刺绣的精通上。家中那台蝴蝶牌缝纫机，在父亲的操作下，仿佛有了生命。家中的被套、床单，以及那些需要缝补的衣服，都在他的手中变得焕然一新。他的缝纫技艺细腻而娴熟，每一针每一线都倾注着他对家人的关怀。而他的刺绣作品更是令人惊叹不已。

家中的客厅曾经挂过一幅父亲亲手刺绣的毛主席像。绣像中，毛主席挥起右手，面带微笑，眼睛注视着前方，神情活灵活现。左边绣着的"毛主席挥手我前进"，右边绣着的"毛主席万寿无疆"，是父亲内心信念的一种表达，体现了他对伟人的敬仰之情。在那个特殊的年代，这幅刺绣作品成了家中一道独特的风景，也承载着父亲对生活的热爱和对美好未来的向往。可惜，这幅珍贵的刺绣作品不知何时何地遗失了。这虽令人惋惜，但它却永远留在了我们的记忆深处，成了那段岁月的印记。

剑兰的花朵高高挺立，不与其他花卉争奇斗艳，却有着自己独特的气质和魅力。父亲亦是如此，他在我们面前总是显得威严而庄重。他很少与我们说笑，也没有过多的风趣幽默，似乎总是默默地承担着生活的重担，将自己的情感深藏在心底。

在我叛逆期时，曾因不服父亲的说教而顶撞他，那次他气得扇了我一巴掌。自从，我对父亲充满了怨恨，觉得他不理解我，父女关系变得紧张而陌生。我与他之间那道无形的隔阂，很长时间都无法消除。结婚后，我为人妻、为人母，才渐渐理解父亲，父女才和好如初。

几年前，一向身体硬朗、对生活充满乐观的父亲，突然被查出胃癌晚期。这个噩耗如同晴天霹雳，打破了我们生活的平静。在医院陪护父亲的那段时光，我们一起回忆过去的点点滴滴，我静静地聆听他讲述那些曾经的故事，发现父亲其实是那么的可亲可敬。他的爱，一直都在我身边，只是不善于表达，如同剑兰那默默绽放的花朵，虽不耀眼，却芬芳四溢。他用自己的方式，默默地守护着我们这个家，为我们遮风挡雨，为我们创造更好的生活条件。只是我以前太年轻，太不懂事，没有用心去感受这份深沉的爱。尽管我万分舍不得，父亲还是走了。我十分后悔自己年轻气盛，与父亲斗气。人总是在失去之后，才懂得珍惜。可惜，世上没有后悔药。

愿时光倒流，我能再依偎在父亲身旁，感受他那默默的爱，聆听他的教诲。可惜，这已成为无法实现的奢望。但我相信，父亲在天堂看着我，他会为我感到骄傲，而我也会带着他的爱和期望，勇敢地走下去，让他的爱在我的生命中绽放出永恒的光芒。

　　就像那剑兰，在岁月的流转中，始终坚守着自己的美丽与价值，父亲的爱也将在我的心中长驻，永不凋零。我会将这份爱传递下去，让更多的人感受到父爱的伟大与深沉，让父亲的精神在这个世界上永远闪耀。

跛行走向高地

命运给了一副"烂牌"，但我们没有"摆烂"，跛行着把"坏牌"打成"好牌"，渐渐走向"高地"。——题记

一

20世纪60年代末70年代初，脊髓灰质炎（俗称小儿麻痹症）相当可怕，给患病儿童造成终身的伤害。幸好这种病现在已被消除，不再有人被折磨。

日胜是我堂叔的儿子，出生于家徒四壁的农村家庭，才两岁就得了小儿麻痹症。他的家本来就穷得叮当响，根本拿不出钱给他治病，造成他终身站不起来。他只能靠双手扶着一个小凳子艰难挪步。每挪动一步，他都要使出吃奶的力气。不懂事的小孩子嘲笑他，叫他"凳子人"。

随着身体长高，日胜换了一张又一张凳子，从童年走进青年，用高矮不一的凳子代替脚步丈量人生。他是家里的长子，扶着凳子照看弟妹，做家务，下田地干活。他在艰难的挪动中活成一道微光。尽管他是如此的努力，但贫穷依然紧跟着他。他渴望过上美好的生活，一日胜一日，就像他的名字。

80年代末期，改革的春风吹遍神州大地，村里的年轻人纷纷涌向珠江三角洲打工，剩下像日胜这样的老弱病残者。大学毕业后留在深圳

工作的陈民回到村里，了解到日胜的情况，决定帮他。扶贫先扶志，先帮他解决就业问题，树立信心。

在陈民和村人的共同努力下，日胜在村里开了一间小卖部，卖日常生活用品等。虽然收入不高，但解决了基本生活，日子有了奔头，不再整天唉声叹气。他勒紧裤头，省吃俭用，买了一部残疾人三轮摩托车，代步，骑它到镇里进货。

只上到小学三年级的日胜脑子很灵活，对机械方面无师自通，把他的代步三轮摩托车一步步改装，既方便到镇里进货，又可以顺便搭客赚点钱。他投桃报李，对想出村的乡亲搭他的车，付点油费就行了。

日子好起来的日胜想解决婚姻问题，托人介绍对象。上帝为你关上一扇门的同时，也必定为你打开另一扇窗。日胜的老婆阿霞就是为他带来霞光的那扇窗。身体健全、相貌不错的阿霞来自贵州贫困山区，想通过结婚改变生活，被媒人的三寸不烂之舌骗到广东。看到日胜是残疾人，她想悔婚。日胜说："你不想跟我过，我也不勉强"。看见日胜憨厚老实，日子过得比自己家强得多，阿霞就暂时打消悔婚的念头。

不久，阿霞生下一个白白胖胖的儿子。断奶后，阿霞提出想回娘家看看，村里人好心提醒日胜不要让她回去，否则落个人财两空。阿霞勤劳、善良，日胜及家人都疼惜、信任她，同意让阿霞回娘家一趟。阿霞也不食言，回娘家看过父母后，又回到日胜家里。而且两个兄长也来认亲，算是走亲戚。夫妻俩开小卖部、搭客、种田，日子如他的名字一日胜一日。

他们一连生了几个孩子。上有年事已高的父母，下有嗷嗷待哺的孩子，日胜的生活又紧巴起来。

党的十八大召开后，残疾人事业各方面取得了历史性的进展，出台政策帮扶城乡残疾人就业创业，帮助残疾人通过生产劳动过上更好更有尊严的生活。

村里根据残疾人优惠政策，给日胜办理低保。但孩子多，费用大，领低保不是长远之计。日胜想，我虽然身体残疾，但志气不能残疾，不想光靠政府养，要想办法解决自己的生活问题，减轻政府的负担。

日胜夫妻先是在自家屋旁砌了一个猪栏，养起了猪。阿霞到田地里割猪草，捡番薯叶；日胜到饭店捡潲水，用摩托车运回来。回到家，在月色下，他们砍猪草，煮猪食，喂猪。他们每天起早摸黑，累得腰酸背痛。一开始，他们没多少养猪技术，猪发瘟死了不少。乡镇干部给日胜牵线，让他与养猪专家交流经验，不断改进自己的养猪技巧。

夫妻俩经过一段时间的摸索和实践，摸清了猪的"脾气"，掌握了养猪诀窍。他们把猪们从猪苗养到大猪，而且不再发瘟，头头猪养得膘肥体壮，换回一张张人民币，走上了脱贫致富的道路。他家拆了旧房子，建了新房子。日胜满脸沧桑的脸上露出了欣慰的笑容，觉得生活又有了奔头，瘦弱的身躯又有了使不完的劲。

在村里养猪，臭气熏天，污染环境，村民的意见很大。为配合乡村文明建设，整治乡村人居环境，日胜决定拆除猪舍。

在县残联、乡镇政府、村委干部的支持、帮助下，日胜在村公路旁的一块空地上建起了养猪场，并且用上现代化养猪设施。猪粪发酵后作肥料，周边种起了农作物，如青菜、番薯、青椒，黄瓜等蔬菜瓜果，解决了日常生活的需要。

养猪场上了规模之后，日胜请村人来猪场做工，解决了部分村民的就业问题。懂事的大儿子看到父母辛苦，放弃在城里工作，留在猪场帮父母打理猪场。

日胜的生活，就像他的名字一样一日胜一日。

日胜身残志坚，靠自己勤劳的双手过上富裕的生活，向世人证明自己的能力和人生价值，得到人们的尊重和社会的认可。他知恩图报，回报社会。他将自己养猪经验传授给村民，还提供种猪给村民。

有人问他："你不怕教会徒弟，饿死师傅吗？"

日胜笑呵呵："不怕！日胜，日胜，不光是我，大伙的生活也是一日胜一日，这才好啊！"

那天，我打电话给日胜，了解他的近况，我非常感慨。他的成功，是因为他拥有一颗不向命运低头的强大心灵，不管如何艰难都不停止脚步，跛行着走向人生的"高地"，一步步实现自己的梦想。

日胜的故事说明了：一个人，无论身体如何残缺，但只要心不残，一直向"高地"奔跑，就能够迎接美好的未来。

岁岁重阳，今又重阳。这一传承千年的传统佳节，犹如一部厚重的史书，承载着祭祖之肃穆、登高之逸趣、赏菊之雅致，于岁月长河中沉淀，在中华民族的灵魂深处熠熠生辉，其敬老爱老的内核，如春风化雨，润泽着世代人心。

每至重阳临近，回忆便如汹涌的潮水，将我淹没。那些与小怡的点点滴滴，与芳姨相关的丝丝缕缕，从心底最深处蔓延开来，如同藤萝般缠绕着我的灵魂。

犹记与小怡，相识于垂髫之年，那时的我们，天真无邪。校园里，洒满了我们的欢声笑语，从小学的懵懂稚嫩，到高中的青春飞扬，我们形影不离。后来，她带着梦想奔赴繁华的广州，我则留在了故乡。岁月悠悠，山水虽相隔，可情谊如老酒，愈发醇厚，从未因距离而淡薄。

在小怡的生命画卷里，芳姨是最浓重温暖的色彩。芳姨一生无子，小怡的到来，似一束光照进她的世界。她毫不犹豫地将小怡视若珍宝，纳入家庭的怀抱。小怡融入后，芳姨为她迁移户口，赋予家族之名，那是一种无私而深沉的接纳，宛如阳光无私地照耀大地。姨父前妻的两个儿子，也将小怡当作亲妹妹，呵护备至。小怡大专毕业时，姨父动用自己的人脉，为她精心铺就了一条光明坦途，满是对她的期许。

年轻的小怡，在爱情的牵引下，远嫁他乡。离别时，泪水模糊了双眼，那泪水中，是对姨父姨妈无尽的眷恋与不舍。即便身处远方，她的心却像风筝，线的那头始终系在遂溪这片故土，她常常如归巢的鸟儿般飞回探望。

姨父去了天堂后，芳姨的世界瞬间黯淡。她的身影在岁月中愈发孤独，岁月如利刃，在她的面容上刻下了深深的沧桑印记。两个哥哥各自成家，搬离了老宅，只留下芳姨独守那座装满回忆的旧屋。她就像一棵倔强的老树，坚守在原地，不愿离开遂溪、随小怡前往广州。小怡夹在小家与姨妈之间，满心愁绪，心如乱麻。

而我，因着与小怡多年的深情厚谊，不忍芳姨孤独，决心为小怡分担，成为芳姨生活中的一抹温暖。

往昔踏入芳姨家门的画面，镶嵌在我记忆的天空。每次我到来，芳姨的眼眸便瞬间被点亮，那眼中闪烁的慈爱之光，是夜空中最亮的星。她常年素食，可我每次去，她总会系上那洗得微微泛白的围裙，走进烟火缭绕的厨房。那小小的厨房，成了爱的舞台。她微微佝偻着背，站在炉灶前，手中的锅铲像是神奇的画笔。锅里的热油欢快地跳跃，吱吱作响，似在为她的舞蹈伴奏。她轻轻翻动着锅里的鸡腿，鸡腿在热油中变得金黄酥脆。她不时侧身望向我，那笑容比春日盛开的繁花还要绚烂，轻声说道："小江，姨给你做最香的鸡腿。"那声音，至今仍在我耳边回响，如同最温暖的春风。

后来，我步入婚姻殿堂，新生命的降临带来了喜悦，却也带来了生活的忙碌。工作像一座沉重的大山，压得我喘不过气，家庭琐事如纷飞的雪花，纷纷扬扬，让我应接不暇。不知不觉，去芳姨家的脚步变得迟缓，曾经频繁的往来，渐渐成为记忆中模糊的画面。即便小怡归乡，我们也只是在外面匆匆相聚，曾经的亲密无间，被时光的洪流无情地淹没。

有一天，电话那头，小怡带着哭腔的声音传来，告知我芳姨已经离去。顿时，我的世界天崩地裂，时间仿佛停滞，空气也凝固成冰。我的心像是被一只无情的大手狠狠揪住，剧痛蔓延至全身每一个角落。脑海中一片空白，随后，往昔与芳姨相处的画面如汹涌的潮水般铺天盖地而来。泪水如决堤的洪水，模糊了我的视线，我呆立原地，满心悔恨如疯长的野草，将我吞噬。我不停地责问自己，为何在她暮年，我会因那些琐碎之事而疏远了她？为何我会天真地以为岁月漫长，还有无数机会去陪伴她？

今又重阳，街头巷尾金菊盛开，那金黄的花朵如同灿烂的阳光碎片，洒满人间。茱萸的香气在空气中弥漫，那是一种古老而神秘的味道。老人们相携漫步的温馨场景随处可见，那画面却如针般刺痛我的心。曾经，我总以为时光是一位慷慨的长者，岁月悠长，陪伴的机会无穷无尽。我总是想着还有下一次，还能再去拥抱芳姨，重拾那些温暖的时光。可命运却如此残酷，如一阵狂风，将美好的一切都无情地卷走。

如今，我才深深明白，重阳，它不只是一个简单的节日，还是一声振聋发聩的警钟，敲响在我们心灵的深处。它提醒我们：老人就像夕阳，虽美却短暂，要珍惜每一个陪伴他们的瞬间。每一次与亲人共度佳节的欢声笑语，每一个温暖的拥抱，都是生命赐予我们最珍贵的礼物。切莫让时光匆匆流逝，徒留满心遗憾与悔恨。在这重阳佳节，让我们以爱为丝线，以情为色彩，为老人们编织一幅温暖的画卷，让陪伴成为我们对他们最长情的告白。

愿天下老人都能在重阳这个特殊的日子里，被温暖环绕；愿人间重晚情的旋律，永远在岁月的长河中悠扬奏响，如天籁之音，触动每个人的心弦；愿我们都能在时光还来得及的时候，紧紧握住亲人的手，不再让错过成为生命中无法言说的伤痛，让重阳的温暖永远传递下去。

年少时，文学之梦如夜空中最璀璨的星辰，在我心灵的苍穹中闪耀着，照亮了我前行的方向。成人后的我，为了生计奔波劳碌，诸多琐碎之事如荆棘般缠绕，无情地将那承载着文学梦想的小船，搁浅在现实的浅滩之上，使其未能顺利驶向"文学的海洋"。

当我回首往昔，才惊觉时光如白驹过隙，自己已在磕磕绊绊中，从青丝走向白首，而那曾经闪耀着迷人光彩的梦想，似乎已在岁月的尘埃中渐行渐远，如同夜空中黯淡的流星。

"我能接受平庸的自己吗？"无数个午夜梦回之际，这个问题萦绕在我的心头。每一次它的浮现，都像是在寂静的黑暗中敲响的一记沉重警钟，让我在夜的怀抱中辗转反侧，难以入眠。那是对自我价值的拷问，是对梦想消逝的不甘。

孩子们渐渐长大，开始在学校住宿。闲下来的我，生活仿佛开启了一扇新的窗户，我如同一只在茫茫大海中漂泊许久的孤舟，终于寻得了一处宁静的港湾。我将自己的精力与情感，毫无保留地倾注于打理门前的那个花园。在那些与花草相伴的日子里，我如一位虔诚的艺术家，精心呵护着每一株植物。在我的精心照料下，它们绽放出绚烂的色彩，散发出醉人的芬芳。

门前那一方小小的天地，变成了一座如梦如幻的小花园。每日，我都沉醉于其中，忙碌于浇水、施肥、修剪这些琐碎却又充满乐趣的事务。这片花园，成了我心灵的栖息地，让我有了温暖而坚实的寄托之所。

那场新冠疫情突如其来地席卷全球，打破了世界原有的宁静与祥和。全国人民众志成城，齐心抗击疫情，无数可歌可泣的事迹如同一束束耀眼的光，在黑暗中闪耀。在这场没有硝烟的残酷战争中，我目睹了无数平凡之人展现出的伟大力量，他们用自己的行动，谱写了一曲曲壮丽的生命之歌。那些感人至深的画面，深深触动了我的心灵。我渴望用文字去记录这些震撼心灵的瞬间，去描绘那些在疫情中闪耀的人性光辉，让更多的人感受到这份伟大的力量。

5月的阳光，带着希望的温度，洒在我的身上。《湛江日报》举办了湛江农商银行杯"我身边的抗疫故事"有奖征文活动，这如一阵春风，轻轻拂过我那渴望创作的心田。我的心中仿佛有一颗希望的种子在萌芽、生长，思绪如奔腾的江水，一发不可收拾。脑海中不断浮现出那些抗疫期间的感人场景，构思着如何用文字将它们完美地呈现出来。

创作之路并非一帆风顺，恰似一条布满荆棘的崎岖小径。途中，困难如巨石般横亘在前，让我几近放弃。每当我陷入困境，那未曾圆满的文学梦就如同一座灯塔，在黑暗的夜空中闪耀着温暖而坚定的光芒，指引我继续前行。我告诉自己，这是一次挑战，更是一次难得的机遇。即便只是抱着志在参与的心态，也可以当作是对自己的一次磨砺。于是，在临近截稿日期之时，我将凝聚着自己心血与情感的《冬雪春花夏时了》以散文的形式投稿参评。

这篇散文的题目，是受南唐后主李煜"虞美人·春花秋月何时了？

往事知多少……"的启发。在文中，我想传达疫情发生在寒冷的冬天，我们全家积极响应抗疫号召，足不出户。在打理自家花草之时，我想到要为被隔离的邻居照料他们的花儿。春天与花，是美好与希望的象征，它们承载着生机与憧憬。我由衷地希望疫情能如同寒冬般消逝，在夏天迎来胜利的曙光。

当得知我的征文在《湛江日报》百花版刊登出来，我既惊喜，又感动。尽管题目被改成了《花开的日子》，但这丝毫没有影响我内心的喜悦。更让我开心的是，这篇征文还获奖了。我如同一个在黑暗中徘徊许久的孩子，终于重新找回了那件丢失已久的珍宝——文学的怀抱。我满心都是对"百花"的感恩。我知道，这是我与"百花"缘分的开端，是它为我重新开启了那扇通往文学殿堂的大门，让我在黑暗中看到了希望的曙光。

不久，百花版的邓主任添加我的微信。我心中满是惊喜与惶恐。我们交流文学，他的话语中满是对文学的热忱，那种真诚与专业，让我在每一次交流后都如获至宝。他鼓励的言辞如同温暖的春风，拂过我心中那片文学的花园，让每一朵思想的花朵都绽放得更加绚烂。

获得百花园的认可和奖励后，我仿佛找回了年少时那如火焰般炽热的梦想和热情。在与邓主任以及其他文学爱好者的交流中，我得到鼓励和赞赏，像是在干涸的沙漠中遇到了甘霖，滋润着我渴望文学创作的心。每一次交流，都像是打开了一扇通往新世界的大门，为我带来了更多文学创作的灵感和机会。

有一次，与一位文友交流，我们就作品中的一个情节展开讨论。他的见解如同锐利的鹰眼，洞察到我未曾发现的深度，他的建议让我如醍醐灌顶。渐渐地，我在百花版上发表更多作品，如同一位辛勤的农夫，在这片文学的花园里精心播撒着思想的种子，期待它们生根发芽，绽放出绚丽的花朵。通过这些作品，我与更多热爱文学的人分享着自己对生活的思考、对世界的感悟，也收获了他们的共鸣。

对我来说，百花版是一个展示自己才华的平台，也是一个充满温暖和关怀的大家庭。在这里，我结识了许多志同道合的朋友。他们对我的作品给予了宝贵的建议和批评，那些话语如同一把把精准的手术刀，切除了我作品中的瑕疵；又像一把把神奇的钥匙，打开了我文学创作新的思路。每一次的交流，都让我在文学的道路上迈出更加坚实的一步，使我得以不断成长、不断进步。

百花园，它帮助我实现了文学梦想，又如一位智慧的导师，在我成长的道路上为我指引方向，让我找到了自己的定位。文学于我，不再只是年少时的一个梦想，更像是灵魂深处的呐喊，是对平凡生活的诗意救赎。在琐碎的日子里，它如同一盏明灯，照亮我内心的角落，让我在世俗的奔波中，仍能保有对美好的憧憬。通过百花版这个平台，我深刻地认识到，每一个文字都是有力量的，它们或能慰藉他人心灵，或能引发思想共鸣，让我在书写中找到了生命的另一种价值。

回望过去的岁月，我心中满是对百花园深深的感激。是它在我迷茫时为我提供了机会，在我彷徨时给予了支持。正是因为有了这个平台，我才能鼓起勇气，挣脱平庸的枷锁，勇敢地去追求自己内心深处的梦想。在百花园的陪伴下，我渐渐明白，人生的意义不在于功成名就，而在于追求内心的真实和热爱。每一次在键盘上敲下文字，每一次看到自己的作品在百花版上发表，我都能感受到那种源于内心的满足和快乐。

未来，我愿以笔为犁，在这片文学的花园里深耕细作，让每一篇作品都成为一朵盛开的花朵，为这个温暖的大家庭增添更多的芬芳。

童年漫忆

六一儿童节又快到了，我的心中早已按捺不住想要记录下些什么，来致敬那些一去不复返的童年时光。每当回忆起那些日子，我的嘴角总会不自觉地上扬，仿佛童年的每个角落都洒满了笑声和阳光。

那时，我随父亲生活在公安局大院里。这里不仅有公安局、检察院、法院等机关，还有看守所、武警中队等。自来水厂和武装部就在附近。这样的环境为我童年的生活增添了不少别样的色彩。我的童年伙伴们——殷如花、龙小晖、余春英和李兰等，我们这一群小鬼头每天都在这个大院里上演着属于我们的故事。那时候，我们总是结伴上学、放学，一路上欢声笑语不断。

最难忘的是那个炎热的夏天，在一个阳光明媚的下午，我和小伙伴来到自来水厂外玩，高高的围墙把厂子围起来。我们望见树上挂满了红宝石般的石榴，它们在阳光下闪着诱人的光芒。我们流口水了，想进里面摘石榴。我们走到大门口，看见大门的大门紧关着，一块牌子上写道：闲人免进。

一个长着大胡子的门卫把守着。看见我们往里面张望，他忙走过来，问我们找谁？我们支支吾吾半天，说不出来是找谁。他就说，小屁孩，快点走！

我们不甘心，偷偷摸摸地穿过了小巷子，来到了水厂高耸的围墙前。墙内传来石榴的香气似乎穿透了砖石，直抵我们的心脾。我们搬来石头垫脚，用尽全身力气，互相帮助着翻越了那道看似不可逾越的障碍。

一进入花园，我们迫不及待地开始采摘，压抑不住的笑声和欢呼声在果园中回荡。突然，一阵急促的脚步声打破了这短暂的欢乐。那个看守人发现了我们，高喊着："又是你们这些小屁孩！胆子生毛了，敢来偷石榴！"我们一下子慌了神，丢下手里的石榴，像受惊的兔子一样四处逃窜。

在逃跑的过程中，我们跌倒了不知多少次，但每个人都顾不得疼痛，爬起来又跑，只想着尽快逃离那个"危险"的地方。最终，我们一个个灰头土脸、气喘吁吁地回到了自己的家。

我们的冒险行为很快就被父母发现了。他们看到我们身上的泥土印记和擦伤，以及那几个石榴，顿时脸色铁青，狠狠地责骂一顿，有的小伙伴还被父亲打得屁股开花。我们也表示再也不敢偷摘石榴了。我父亲说我知错能改，去市场买了几个石榴奖励我。我拿去与小伙伴分享。

这次经历教会了我们关于风险和奖励的宝贵教训，也让我们更加深刻地理解了成长的意义。尽管我们的童年充满了各种各样的规矩和限制，但正是那些小小的叛逆和冒险所体验到的紧张刺激，让我们的成长之路变得更加丰富多彩。

还有一次，我们在武装部的大院里模仿电影里的情节，玩起了"抓坏人"的游戏。那一个个认真的表情和矫健的身姿，仿佛我们就是那个时代的小英雄。当然，偶尔也会有意外发生，比如那次我们误打误撞地闯进了武警中队的新兵训练场，戏弄了一个名叫嘎子的新兵，结果被教官发现，我们落荒而逃。

随着时间的流逝，我们渐渐长大，那些淘气的行为也逐渐收敛。我们会安静地在会议室里完成作业，然后一起观看电视节目，或者帮助值班人员打扫卫生、接电话。甚至，我们还会在武警中队的乒乓球室与兵哥哥们切磋球技，尤其是殷如花，她的乒乓球水平可是一流的。

而到了周末，我们会变身成为"小小环保卫士"，利用课余时间在附近拾捡废铁、破纸和玻璃碎片。那时候，我们天真地认为这是在做"学雷锋做好事"，或者是参加所谓的勤工俭学活动。这些经历不仅让我们体会到了劳动的乐趣，也让我们的童年生活变得更加丰富多彩。

小明是我童年里不可或缺的伙伴，我们的友谊像野草一样疯长，总是笑得眼睛弯成月牙儿，他的笑容像春日里的暖阳，总能驱散所有的阴霾。

一个雨后的下午，我们在泥泞的操场上玩耍，无意间发现了一只受伤的小鸟。小明主张将它带回家照顾，而我却觉得应该让它回归自然。争执之下，我们谁也不肯让步，最终不欢而散。从那之后，我们的友谊出现了裂痕。课堂上的默契不再，放学路上的欢声笑语消失殆尽。我开始怀念那些简单快乐的日子，但固执让我无法主动去寻求和解。

有一次，我独自坐在大院的龙眼树下发呆。忽然，一只纸飞机从天而降，落在我的脚边。我捡起飞机，上面画着我和小明手拉手的简笔画，还有一行字："不管怎样，我们是最好的朋友。"我心底的坚冰在那一刻悄然融化。我抬头望去，小明正站在不远处，手里拿着另一只纸飞机，朝我微笑。我站起身，将手中的飞机扔向他，如同我们曾经的欢乐时光。那一刻，两个纸飞机在空中交会，像是我们友谊的象征。从那以后，我们又恢复了往日的亲密无间。

小学毕业那天，我们在校园里种下了一棵小树苗，作为我们永不凋谢的友情标志。岁月如梭，也许那棵小树已经茁壮成长，正如我们的友谊，历经风雨后更加坚固。

如今回首往事，那些争吵与和解都成了宝贵的回忆。童年的生活或许简单，但却装满了真诚的情感和无法复制的美好。我和小明的故事随着年轮的增长慢慢沉淀，成为心中永远的温暖港湾。

初中的时候，随着父亲的工作调动，我离开了那个充满回忆的公检法大院，但是童年的伙伴们和我在那里度过的欢乐时光却永远留在了我的心中。每当思念涌上心头，我都会找个机会回到那个熟悉的大院，看看那些曾经陪伴我成长的朋友们。

尽管我们不再同校，也不再同住，我和殷如花的友情却从未间断。她每次上学路过高中的我都会特意绕道来我家，跟我分享其他伙伴的最新动态。我还听说了李兰的消息，她也因为父亲的工作调动而搬离了大院，但命运弄人，她又随家人回到了我们曾经嬉笑打闹的地方。

岁月如梭，转眼间我们都已长大成人。几年前，在广州某大学任教的龙小晖和在番禺定居的殷如花因参加校庆而重逢，自然而然地聊起了我，于是大家决定组织一次聚会，重温那些年的美好记忆。

当我们再次相聚，虽然每个人的脸上都写满了时间的痕迹，但童心依旧。我们彼此谈论着各自的近况，但话题最多的还是那些童年时的趣事和糗事。每讲一件，就像是打开了一个时间的宝盒，让那些遥远的记忆重新鲜活起来。

龙教授提议创建一个微信群，让大家可以随时分享回忆和心得。这个微信群被命名为"寻找童年"，它成了我们连接过去与现在的一座桥梁。看着群里大家分享的那些泛黄的旧照片，我们不禁感叹时光荏苒，生活不易，但童年的快乐时光永远是我们心中最宝贵的财富。

正如龙教授所说，童年就像一首永恒的歌，它的旋律中有你有我，有我们共同的欢笑和梦想。这首歌将永远伴随着我们，提醒我们不忘初心，永远珍视那份纯真的友谊和美好的回忆。

逐梦之旅

"咚咚咚"，屋外传来了敲门声，我打开门，看到门外站着明仔。

"婶，这是三头叫我带给你的番薯。"他一边说一边把一大纤维袋用力提进来。

"三头种番薯？他原来不是养鸡吗？"我很是好奇。

"他继续养鸡。另外，在村里的自留地上种了几亩番薯，昨天有人来收购番薯，我回去帮忙，今天才上来。"

明仔喝着我倒给他的茶，继续说，"三头现在很厉害啦，成了专业养殖户。"

"三头真是又勤快又能干！"我不禁啧啧称赞道，"你讲他的故事给我听听。"

三头是我大伯的儿子，明仔的弟弟，上面有一个姐姐，下面有三个妹妹。因排行第三，小名叫三头，名副其实的一头牛。

他初中刚毕业就在家里帮父亲养猪和蒸酒，他家养的猪个个臀圆膘肥。问他秘诀，他笑呵呵地说："把饲料拌在酒糟里，猪吃饱了睡，睡饱了吃，想不长肉不肥都难！"

村里的年轻人没几个愿意待在家里，大多数初中没毕业就到城里打工去了。由于没文化，没学历，找不到高薪酬的工作，打的都是辛苦工，赚不了多少钱，仅仅解决温饱问题。明仔就是其中一个。

三头的故事，从他家那猪圈里开始。他家的猪个个膘肥体壮，那圆润的臀部仿佛是财富的象征，承载着三头的致富梦想。每一头猪都像是一座移动的小金库，在猪圈里哼唧哼唧地叫着，那声音仿佛是致富路上的号角，激励着三头勇往直前。

当了几年"猪司令"的三头又加建了一些猪栏，一批猪出栏后又进一批，猪成员不断壮大。喂猪时嗷嗷声不绝于耳，在他听来，那是最美妙的声音。

三头的勤劳在村里获得一致好评，说哪家闺女嫁给他就有福气了。他爸爸老友的小女儿阿莲近水楼台先得月，成了他的新娘。她白白净净，戴着眼镜，斯斯文文，看不出是农村妹，两人好般配。

村里大搞创文活动，村道要硬底化，变成水泥路，三头的猪栏阻碍了发展，自然要拆除。三头成了光头司令。

天无绝人之路，英雄总有用武之地。三头抄起了祖传手艺——做豆腐。他爷爷辈是用扁担挑着箩筐走村串巷卖豆腐，父辈是把箱子绑在单车后架上，骑着车一村又一村卖，他则是骑着摩托车到镇菜市场卖。他家的豆腐是远近出了名的滑、嫩，没有豆腥味，只有豆香，大家爱吃，往往豆腐到市场不久就卖完了。

秉承脚踏实地，靠勤劳的双手能致富的信念，三头夫妻很快建起了两层小楼房，日子过得很滋润，羡煞了村里的同龄人。

三头在豆腐事业上风生水起，可他那颗不安于现状的心又开始蠢蠢欲动。他把目光投向了另一个领域——养鸡。他满心期待地建起了养鸡场，那一排排整齐的鸡舍就像是他精心打造的梦幻王国。每一个鸡舍都配备了先进的通风设备和温度控制系统，那是他为这些未来的"财富精灵"准备的舒适家园。

当第一批鸡苗叽叽喳喳地入驻这个新家时，三头的眼中满是憧憬。他看着那些毛茸茸的小家伙，像是看着自己最珍贵的宝贝，每一只鸡苗都承载着他对未来的美好期望。它们在温暖的灯光下挤成一团，黄色的绒毛如同一个个小绒球，柔软而可爱，那小巧的尖喙不时地啄着地面，黑豆般的眼睛里闪烁着对这个新环境的好奇。

命运似乎总喜欢给人设置障碍，疫情的阴霾突然笼罩而来，如同一张无情的大网，将三头的养鸡事业困在了黑暗之中。

三头望着满场的鸡，眉头紧锁，那眼中的忧愁仿佛是浓重的乌云，压得他喘不过气来。他在深夜辗转反侧，简陋的床铺上，被子被他揉成一团又一团。月光透过窗户洒在他满是汗水的额头，映照着他那布满血丝的双眼。他的脑海里不断浮现出鸡舍里的画面，那些鸡无精打采地趴在地上，原本清脆的叫声变得嘶哑无力，有的甚至已经闭上了眼睛，再也没有了往日的生机。他想着一家人的生计和未来的出路，每一个念头都像是一把尖锐的刀，刺痛着他的心。

那些鸡，曾经是他的希望之星，如今却像是烫手的山芋，让他陷入了无尽的焦虑。每一声鸡鸣都像是在叩问他的灵魂，那声音在寂静的夜里显得格外凄厉，仿佛是对命运不公的哭诉。他的内心在痛苦与无奈中挣扎。但三头并没有被这残酷的现实打倒，他像一位坚韧不拔的勇士，在困境中寻找着一线生机。他四处打听，学习防疫知识，每一本相关的书籍都被他翻得破旧不堪，书页上满是他做的密密麻麻的笔记。他向专家请教，决心挽救养鸡场。

每天清晨，他都早早地来到鸡舍，背着沉重的消毒设备，如同背着整个家庭的希望。白色的消毒喷雾从喷头中喷出，在空气中弥漫开来，像是一层保护罩，笼罩着鸡舍。他仔细地喷洒着每一个角落，不放过任何一个可能藏污纳垢的地方。当发现有鸡生病时，他轻轻地抱起生病的鸡只，仔细地观察它们的症状，给它们喂药、打针。

经历了养鸡场的挫折后，三头再次把目光投向了脚下这片肥沃的土地——番薯种植。

三头种的是红番薯，又大又靓，吃起来软糯香甜无渣。大的长七八厘米，宽五六厘米。太大了，一条番薯我要分几次吃。

三头不满足于只种红薯。他要种植一种冰淇淋红薯。这种红薯紫色的外皮，紫色的心，可是中间还夹着一层黄色的果肉。这层黄色的果肉蒸熟之后吃起来味道软糯香甜，感觉像吃板栗一样。它就像是板栗和紫薯的结合体，蒸熟之后口感细腻又比较香甜，如同在吃冰淇淋，是红薯中的宠儿。

三头的创业之路，就像一首跌宕起伏的乐章。有猪圈里那欢快的前奏，有豆腐事业蒸蒸日上的快板，有养鸡场挫折时低沉的慢板，更有番薯丰收那激昂的高潮。他用自己的汗水和智慧，在这片土地上书写着属于自己的传奇，也让我们看到了一个普通人在面对生活挑战时的不屈与坚韧。他的故事告诉我们：只要心中有梦，脚下就有力量，无论前方有多少艰难险阻，都能走出一条属于自己的康庄大道。

他致富不忘乡亲，养鸡场和番薯种植给村里很多人提供了就业机会。在三头的影响下，村里外出打工的年轻人纷纷回村创业，养鸡鸭，种冰淇淋番薯，做农产品电商……

乡里宗情

今年元旦，乡村的空气格外清新，微风如丝丝缕缕地拂过面庞。在这样宜人的日子里，我弟弟在乡村的别墅迎来了入伙的时刻。

我们的车子缓缓驶入村口，沿着那崭新的水泥路前行。村里大多人家都建起了气派的两三层楼房，处处洋溢着新农村的蓬勃气息。远远望去，我看到日胜双手扶着板凳，在忙碌地来回挪动，他的脸上洋溢着喜悦的笑容。

日胜是我堂叔的儿子，自幼患有小儿麻痹症。在那个贫穷的年代，由于家里经济困难和医疗条件的限制，他未能得到及时有效的治疗，最终落下了一级残疾，无法独立站立，只能依靠双手扶着小凳子艰难地移步。每迈出一步，他都要付出巨大的努力。

随着年龄的增长，日胜换了一张又一张凳子，从童年缓缓走进青年。那些高矮不一的凳子，如同他人生的足迹，见证着他的坚韧与不屈。他是家中长子，身体虽残疾却从未放弃对生活的担当。他扶着凳子照看弟妹，操持家务，甚至下田地干活。

80 年代末期，改革的春风吹遍了神州大地，村里的年轻人纷纷奔赴珠江三角洲打工，而像日胜这样的老弱病残者则留在了村里。日胜的生活非常艰难、贫穷。我母亲心地善良，见不得他人受苦，尽管自家并不富裕，仍让父亲从微薄的工资中，拿出一部分钱资助日胜在村里开了一间小卖部，售卖日常生活用品。虽然收入不高，但这足以让日胜的生活有了基本的保障，他的脸上也渐渐有了笑容，日子有了盼头，不再整日唉声叹气。

日胜是个勤劳且聪明的人。他勒紧裤腰带，省吃俭用，买了一部残疾人三轮摩托车用于代步和到镇里进货。日胜看着那辆破旧的三轮摩托车，心中涌起一股改造它的冲动。他找来工具，仔细研究摩托车的结构。他虽然只上到小学三年级，但凭借着对机械的天生敏感和一股不服输的劲儿，开始了他的改装之旅。一次次的尝试，一次次的失败，他没有气馁。终于，经过无数个日夜的努力，他成功地将摩托车改装得既方便又实用，不仅能够轻松地代步，还能搭载客人赚取生活费用。

日子渐渐好起来的日胜，心中也燃起了对婚姻的渴望。经人介绍，他认识了阿霞。阿霞来自贵州贫困山区，身体健全，相貌姣好。

阿霞初见日胜时，心中不禁一阵失落。她曾想过悔婚，逃离这个看似没有希望的地方。但在与日胜的相处中，她渐渐发现他的憨厚老实和对生活的认真执着。最终，她选择了留下，与日胜共同面对生活的挑战。

孩子断奶后，阿霞提出想回娘家看看。村里有人好心提醒日胜，担心她一去不回，让日胜落得个人财两空。但阿霞的勤劳善良早已赢得了日胜及家人的疼惜和信任，他们同意让阿霞回娘家。而阿霞也没有辜负这份信任，如期回到了日胜身边。此后，夫妻俩共同努力，开小卖部、搭客、种田，日子如同日胜的名字一般，一日胜过一日。

上有年事已高的父母，下有嗷嗷待哺的孩子，日胜的生活又变得紧张起来。但他们没有向命运低头，夫妻二人决定在自家屋旁砌一个猪栏，开始养猪。阿霞每天到田地里割猪草、捡番薯叶，日胜则到饭店捡潲水，再用摩托车运回来。夜晚，在自家院子里，他们在如水的月色下，砍猪草、煮猪食、喂猪。他们不辞辛劳，起早摸黑，累得腰酸背痛，但看着小猪们一天天长大，他们的心中充满了希望。

他们的辛勤汗水换来了一张张人民币，成功走上了脱贫致富的道路，拆掉了旧房子，建起了新房子。日胜那堆满沧桑的脸上露出了欣慰的笑容，觉得生活又有了新的动力。

在乡村振兴的大好政策下，日胜身残志坚，凭借勤劳的双手过上了富裕的生活。他心怀感恩，没有忘记曾经帮助过他的乡亲们，主动将自己养猪的经验传授给村民，还提供种猪。有人问他："你不怕教会徒弟，饿死师傅吗？"日胜总是笑呵呵地回答："不怕！日胜，日胜，不光是我，大伙的生活也是一日胜一日，这才好啊！"

弟弟一直想在村里建楼房。村里念及我父亲曾为村里做出的贡献，把村头最好的那块地划给了我老弟。

别墅奠基后，框架很快建好了。然而，天有不测风云，疫情突然袭来，弟弟的生意遭受重创，亏损惨重，资金链断裂，建楼房的事情被迫停工。弟弟心急如焚，看着未完工的别墅，心中满是无奈和焦虑。

日胜得知我弟弟没钱建房子了，别墅可能成为"烂尾楼"，而且弟弟有想卖给他的想法。日胜没有乘人之危，而是主动打电话给老弟，关切地询问大概还差多少钱。他诚恳地表示，自己这几年还没打算盖楼房，可以借钱给我弟。

弟弟接到电话后，感动得热泪盈眶，深知这是父母平日里积德行善的福报，也是乡里宗亲之间深厚情谊的体现。他激动地承诺，等装修好别墅，生意好转赚到钱了，一定马上还钱给日胜。

在日胜的慷慨援助下，弟弟的楼房终于建起来了。他对日胜的感激之情溢于言表。弟弟由衷地说，国家的百县千镇万村高质量发展工程就是好，不仅让乡村发生了翻天覆地的变化，也让他这个城里人在故乡感受到了浓浓的乡情和温暖，实实在在地受益了。

在这片充满希望的土地上，乡里宗情如同一股温暖的春风，吹拂着每一个人的心田，让人们在生活的道路上相互扶持，共同走向美好的未来。它见证了日胜的奋斗与坚持，也见证了弟弟在困难时刻得到的帮助与支持，更见证了乡村在时代变迁中的发展与进步。这份珍贵的情感，将永远在这片土地上传承下去，成为乡村最美的风景。

高考往事

　　高考，于贫寒子弟而言，是改变命运的"敲门砖"，是通往光明未来的希望之桥。而未曾经历大学洗礼的人生，恰似一幅色彩黯淡的画卷，无论岁月如何涂抹，终是留有遗憾的空白。我，便是在这遗憾中徘徊多年的人，回首往昔，心中满是对那场高考的复杂情感。

　　昨日，一位亲戚谈及他的儿子竟想放弃高考，提前步入社会打工。听闻此讯，我内心波澜起伏，赶忙劝他定要让孩子参加高考。我深知，读与不读大学，人生的轨迹将截然不同，那是两条通往不同世界的道路。于是，我向他讲述了自己的高考经历，那些尘封在记忆深处的遗憾，如潮水般涌来，希望我的故事让他得到启发，让他珍惜这可能改写命运的机会，莫在青春岁月里留下悔恨。

　　遥想当年，我考入了尖子班。那时的我，满心欢喜，觉得这是命运对自己的眷顾。高一第二个学期文理分科，因数理化成绩不佳，我选择了文科。那时，我的语文和英语成绩出类拔萃，使得我的总分在班上名列前茅。然而，年少轻狂的我，却因此心生懈怠，天真地认为除了主科，其他学科不过是靠死记硬背，只需在高考前一两个月临时抱佛脚即可。至于数学，那一直是我的软肋，我竟干脆选择了放弃，就像一位怯懦的士兵，还未上战场，便丢盔弃甲。

日子如流沙般，一天一天在指缝间漏走。同学们如同奋勇的战士，你追我赶，挑灯夜战。而我，却像是脱缰的野马，放慢了与时间赛跑的脚步，在散漫的草原上优哉游哉。我沉浸在自己编织的轻松幻梦中，浑然不知命运的暗流正在悄然涌动。

模拟考试的第二天，侄儿呱呱坠地。那一声清脆的啼哭，是世间最动听的乐章，奏响在全家人的心间。我们都沉浸在这新生命诞生的喜悦之中，尤其是我，对这个陈家的长子嫡孙喜爱至极。课堂上，我的思绪常常飘向那个粉雕玉琢的小婴儿，想象着他可爱的模样；放学回家，我便迫不及待地守在他身边，目不转睛地看着他，仿佛他就是我世界的全部。学习任务，早已被我抛诸脑后。就这样，我的成绩如失控的风筝，直线下滑。对高考，我也渐渐失去了信心。可我却一次又一次地为自己的不努力寻找借口，像是一个自欺欺人的小丑。

父母对我的学习，是一种放任自流的态度。他们就像在生活的荆棘丛中艰难前行的旅人，既要忙于工作，又要应付柴米油盐酱醋茶这些琐碎事务，生活的重担压得他们喘不过气来，早已无暇顾及我的学习。在他们看来，学习是我自己的事，能考到哪间学校就去哪间，读到什么程度全凭我的本事，从不强迫我努力。他们的这种态度，就像一阵狂风，吹散了我学习之路上本就微弱的指引之光。

高考，在不经意间如期而至。那本应是充满热血与激情的战场，可在我眼中，却平淡无奇。学校没有悬挂电影情节中那般激情澎湃、能煽动情绪高涨的横幅，也没有师生间充满力量的击掌鼓励。我的考场就在本校，于我而言，这不过是换了一间课室罢了。考试单人单桌，周围少了大半熟悉的本班同学，多了几张陌生面孔的监考人员，一切就像高三众多模拟试中的一场，毫无特别之处。

高考的第一科是语文。当考试结束的铃声响起，我如离弦之箭般飞一般地往家里赶。家中正为侄儿办满月酒，那热闹的场景，仿若一幅绚丽的民俗画卷。屋里屋外，亲朋好友欢聚一堂，欢声笑语，热闹非凡。大嫂的小弟与我同一年参加高考，他刚从考场回来，妈妈和大嫂便立刻迎上去，赶忙准备好饭菜让他先吃，好让他能赶快回去休息，为下午的考试养精蓄锐。而我，却没有这般待遇，我就像一个被忽视的影子，默默地在角落里。但那时的我，并未在意，心中只想着侄儿那可爱的小脸。

就这样，我马马虎虎地度过了三天的高考，那滋味，就像一杯打翻了的五味瓶，酸甜苦辣咸，杂陈于心，却又说不出个所以然。

落榜，是意料之中的事。以我这种散漫的学习态度，如果能考上，那才是奇迹。大嫂的小弟如愿考上了华南理工大学。我的分数，像一道鸿沟，横亘在我的梦想与现实之间。我未曾想过复读，父母也没有提出让我复读再考。或许，这就是命运对我的安排，是我为自己的年少轻狂所付出的代价。

高中毕业后，我步入社会，后来遭遇下岗。因没有学历这块敲门砖，我找不到理想的工作，生活的艰辛如影随形。每一个疲惫的夜晚，我躺在床上，望着斑驳的天花板，心中都涌起无尽的悔恨。

如今回想起来，我的高考失败，原因是多方面的。高考失败，首先源于我自身的问题。我态度散漫，学习仿若儿戏，在贪玩的泥沼中越陷越深。我忽视了高考的重要性，以为青春可以肆意挥霍，却不知那是决定命运的十字路口。家庭环境对我的影响亦不可忽视。父母在教育上的放任自流，犹如航船失去了灯塔，让我在学习的海洋中迷失方向。他们没有意识到高考是改变子女命运的重要途径，未曾严格要求我，鼓励我一定要好好学习，努力考上大学。与之形成鲜明对比的是大嫂家，她的父母都是高级教师，有远见卓识，深知读书的重要性。他们对子女要求严格，在这样的教育下，几个子女都考上大学，成了社会的栋梁之材。

我曾对孩子说，如果人生可以重来，我定当珍惜时光，认真对待学习，把高考当作人生转折点，全力以赴，用知识谱写命运的华章，活出生命的精彩！然而，人生没有如果，亦没有彩排，每一天都是现场直播。我只能将这份遗憾深埋心底，化作前行的动力。

我吸取了自己的教训，下定决心不让孩子重蹈我的覆辙。尽管生活并不富裕，但我仍节衣缩食，只为让孩子能读最好的学校。孩子也争气，从小成绩优异。去年，女儿考上重点大学。那一刻，我泪如雨下。那是欣慰的泪水，是多年梦想成真的感动。孩子圆了我未完成的大学梦，也让我在这充满遗憾的人生中，看到了一丝希望的曙光。

看到亲戚儿子面临放弃高考的抉择，我仿佛看到了曾经懵懂无知的自己。希望我的经历能让他明白高考的意义重大，切莫重蹈我的覆辙。愿每一位学子都能珍惜高考这来之不易的机会，用汗水和努力，书写属于自己的辉煌篇章。

给我抱抱

母亲离开我们多年了，可对她的思念，从未有片刻停歇，她常常在我的梦里出现。那梦境中的相逢，是我灵魂深处最珍贵又最伤痛的慰藉。

"人有悲欢离合，月有阴晴圆缺，此事古难全。"那一年，命运的车轮在短短两个月内，无情地碾压过我的生活，让我尝尽了人生的极喜与极悲。历经无数艰难险阻，我终于迎来了儿子的诞生，那是我生命中如曙光乍现般的特大喜事。母亲，她比我还要兴奋，那欢喜之情溢于言表，早早便守候在产房外。看到护士抱着小外孙出来，母亲迫不及待地走上前，把手伸得老长，口中念叨着："给我抱抱小外孙！"从护士手中接过孩子，她轻轻地亲着小外孙的小脸。

母亲陪我回到产妇休息房，紧紧抱着小外孙，目光始终胶着在那稚嫩的小脸上，眼中满是慈爱，嘴角含笑。母亲身体一直不好，我心疼她，怕她太过劳累，便让她把小外孙放到床上，她却连忙摇头说不累。我佯装嗔怪道："我这么辛苦生下儿子，让我看看他呀。"母亲这才笑着把孩子递给我。

当晚，我在医院留宿。母亲在电话那头问长问短，再三叮嘱我要搂紧儿子睡，不要把他放在婴儿床。那紧张的语气仿佛世界上有无数双觊觑孩子的眼睛，我心里暗笑母亲的瞎担心，可又不忍拂了她的好意。为了让她能安心睡个好觉，我在电话里满口答应了。

出院后，我回家坐月子。母亲三天两头往我家跑，有时为了不麻烦家人，竟独自搭乘摩托车前来。有一次，我无意间和母亲说起婴儿车，她便记在了心里。当天晚上，天色已黑，她竟带着婴儿车匆匆赶来。或许是老眼昏花，她竟走错到邻居家。当我看到母亲，心中五味杂陈，我只是随口一提，她却如此上心。我知道，母亲是挂念小外孙。这婴儿车不过是她来看孩子的借口，若不见到孩子，她晚上定是辗转反侧，难以入眠。

那天夜里，月已高悬，万籁俱寂，母亲直到夜深才依依不舍地离开。次日清晨，阳光还未完全驱散晨雾，母亲就又来到我家。一进门，她的目光便急切地搜寻着小外孙，嘴里说着："让我抱抱小外孙！"抱起孩子后，她又是像往常那般，脸上绽放出幸福的笑容，不停地亲着孩子。我注意到母亲的精神有些萎靡，眼睛半眯着，像是强撑着困意。我心疼地说："妈，您困了就睡会儿吧！"母亲生怕自己精神不好，摔了小外孙，便轻轻地把他放在床上，然后自己躺在旁边，很快就进入了梦乡。

儿子满月后，我可以出门了。我深知母亲对孩子的思念，为了不让她辛苦奔波，我常常背着儿子回娘家。有时，我嫌麻烦便借口儿子太小不方便回去，这时母亲的眼神中就会流露出深深的失望，那黯淡的目光就像失去光泽的宝石。而第二天，她总会打来电话，声音中带着期盼，让我回娘家。

幸福的时光总是短暂，命运的阴霾悄然笼罩。母亲身体本就不好，在这看似平常的日子里，病魔却在暗暗蓄力。母亲患有糖尿病，每天都要打胰岛素。那段时间，她时常感到头晕，尤其是晚上，那种眩晕感如同置身于惊涛骇浪中的小舟,天旋地转,仿佛被一双无形的大手高高提起又重重摔下。她看到我时,眼中会闪过一丝惶恐,对我说:"真怕早上醒不来,看不到你们!"家人都认为,母亲这种状况是血糖高引起的,便打算先让她去打两天点滴,如果不见好转再考虑住院。要是往常,母亲定会心疼钱不肯去看医生,可那次,她只是勉强地点了点头,还说去医院几天,就回来过中秋节。

母亲去医院那天,我因琐事缠身未能回娘家,只是在电话里和她道别,满心以为她过几天就能回来。怎料,这一别竟成了永诀。母亲住院仅两天就陷入了昏迷,医生下达了病危通知,随后她便被转入了重危病房。中秋佳节,本应是团圆之时,可母亲却依旧昏迷不醒。那是我的儿子来到人间的第一个中秋节,我在心中无数次祈祷,希望母亲能醒来,像往常一样来到我家,张开双臂,眼中满是慈爱地说:"让我抱抱!"然后抱起她的小外孙,那温馨的画面在我的脑海中反复浮现,可现实却如同一把利刃,将我的心割得鲜血淋漓。无论我们怎样呼唤,母亲都永远地沉睡了。

我悲痛欲绝,心中对老天充满了怨恨。为何儿子出生带来的喜悦,竟要以失去母亲为代价?我的儿子才两个多月,就永远失去了外婆温暖的怀抱,这命运的安排太过残忍了!

内疚和自责如汹涌的潮水般将我淹没,我无法从失去母亲的悲痛中自拔。我后悔没有让母亲多抱抱小外孙,后悔没有天天陪伴在她身边。那些后悔的事如同荆棘一般,刺痛着我的心,密密麻麻,数也数不清。

可是,看着襁褓中的儿子,那粉嘟嘟的小脸仿佛是母亲生命的延续,我知道自己必须坚强,要勇敢地面对这残酷的现实。在天堂的母亲,一定希望我好好活着,将小外孙培养成国家的栋梁之材。

"给我抱抱！"母亲，我多想再听到您说这句话啊！

十多年过去了，每当回忆起母亲，思念的泪水仍会不由自主地夺眶而出。今天是母亲的生日，我写下这篇文章纪念她。

母亲，您在天堂一定能看到吧？您疼爱的小外孙，就像一棵茁壮成长的树苗，在阳光雨露下，向着天空伸展着希望的枝丫。他的成绩优异，品行端正，是一个品学兼优的少年。您的爱，如同璀璨的星光，在岁月的长河中永恒闪耀，照亮我们前行的道路。我会带着您的期望，和对您深深的思念，勇敢地走下去，让这份亲情在我们的生命中延续，永不消逝。

我爱我家

家，如一盏明灯，散发着温暖的光芒；家，又似宁静幸福的港湾，能遮风挡浪，让心灵在此安然栖息。于我而言，家，是生命中最珍贵的存在，承载着满满的爱与回忆。

小时候，家是父母的怀抱，是有爸爸妈妈的地方。只要能依偎在他们身旁，听着他们的轻声细语，看着他们的笑容，便觉无比安心。长大成人后，爱人的出现让家有了新的定义。爱人的陪伴，如同寒夜中的炉火，温暖着心灵，让我明白，有爱人的地方便是家。而当自己成家立业，孩子呱呱坠地，家又成了爱人与孩子共同构成的温馨小窝。无论身处何种环境，无论房子是简陋还是奢华，贫穷或者富裕，都无关紧要。只要一家人能紧紧相依，那便是最美好的家。

我如今所居住的房子，是20世纪80年代初父亲单位分配的，三房一厅一卫的布局。在那个年代，在当地，这算是非常好的住房了。为了照顾年迈的外婆，父亲毅然选择了一楼。

这套房，最多时住了十口人，外婆、请来照顾侄儿的小保姆都在其中。虽然空间略显拥挤，但在父亲巧妙合理的安排布置下，一家人也住得舒适惬意。四世同堂的热闹，就像一首欢快的交响曲，在这小小的房子里奏响。那是一种别样的温馨，每个角落都弥漫着亲情的味道，每寸空间都充满了欢声笑语。

后来，哥哥姐姐们陆续成家，各自建立了小家庭，搬离了这里。父母也搬进了自建的楼房。我与爱人结婚后，暂时没有房子，就住在这套旧房子。

人生之路，总有坎坷崎岖，我和爱人都是平凡一族。但命运的馈赠也让我满心欢喜，那便是我的一对儿女。他们是我生命中的珍宝，是我最大的骄傲。两个孩子刚满周岁、刚会走路就被送去幼儿园，中午也不接回家。或许是因为上幼儿园早，他们刚满六周岁就顺利进入小学。他们独立性强，成绩优异，这让我放心地送他们去远离家的市私立学校读初中。虽然私立学校的学费和杂费不菲，但为了孩子能接受更好的教育，我和爱人省吃俭用，全力供他们读书。也正因如此，购买新房的计划只能暂时搁置。但我从不抱怨，因为这旧房子里，有我引以为傲的孩子，有一家人满满的爱。我用心经营着这个小家，每一个平凡的日子都充满了幸福感，就像那冬日里的暖阳，虽不炽热，却足以温暖心灵。

为了方便出行，我们把南面的大阳台改成了大门口，这样车辆可以直接开进家里，省去了不少麻烦。女儿曾开心地对我说："妈妈，小伙伴们都羡慕我们家住楼下呢！我可喜欢我们家啦！"是啊，这里环境幽雅，大树参天，如同一把把绿色的巨伞，为我们撑起一片清凉。孩子们在树荫下自由自在地玩耍，他们的笑声如同银铃般回荡在空气中，他们在这里健康快乐地成长。那林立的高楼大厦，虽雄伟壮观，却没有这里的温馨与自在。

我在门口和阳台精心打理着花花草草，还有果树和蔬菜。这里俨然成了一个迷人的大花园，五彩斑斓的花朵争奇斗艳。果树如忠诚的卫士，撑起一片阴凉，而蔬菜则像绿色的珍宝，点缀着这片温馨的小天地。邻居们闲暇时都喜欢来这里观花赏果，人气很旺。就连蜜蜂也被这美景吸引，前来选址筑巢。

有一年春天，家中呈现出一幅奇妙的景象。阳台边沿和门口外的花儿开得正艳，五彩的花朵如天边的云霞般绚烂夺目。蜜蜂在花丛中忙碌地采蜜，蝴蝶也在一旁翩翩起舞，如一幅美丽的画卷。一天傍晚，一阵嗡嗡声打破了宁静，我循声找去，竟发现鞋柜里有一只小蜜蜂。我吓得连忙跑回客厅，关上了门。过了好一会儿，我才壮着胆子打开门缝查看，只见阳台上有几只蜜蜂在飞舞，有两三只正绕着鞋柜盘旋。我突然意识到，蜜蜂似乎是要在我家鞋柜里筑巢了。

我赶忙上网查询，得知"蜜蜂是一种群居性昆虫，蜂巢是它们生存和繁衍的最基本的环境。因此蜜蜂对巢址的选择是极为苛刻的，不但要求蜂巢附近有丰富的蜜源，而且要求冬暖夏凉且能防御天敌的侵袭，蜜蜂一般会选择在温度适宜、光线湿度合适的地方筑巢。如果蜜蜂来到你家，也间接证明了，你家环境不错。"那一刻，我心中既惊又喜。

次日清晨，当我醒来时，发现蜜蜂又多了不少。中午下班后，我匆忙赶回家准备做饭，却被眼前的景象惊呆了。蜜蜂越来越多，先是在一个画着水彩花草画的漂亮花盆上停满了，密密麻麻的蜜蜂几乎将花盆的颜色都掩盖了。其中有一只体型大很多的蜜蜂，想必是蜂皇了，周围的小蜜蜂都围绕着它。接着，源源不断的蜜蜂飞来，在玻璃窗上爬满了，黑压压的一片，那场面蔚为壮观。这奇异的景象惊动了邻居们，大家纷纷前来围观，人群中不时传出阵阵惊叹声和议论声。有人说蜜蜂进屋是吉祥之兆，意味着家中要发财了，还有人建议赶快把这窝蜂引起来养。爱人听闻后，急忙去市场买了一个蜂箱回来，并在蜂箱里放上红糖块，希望能吸引蜜蜂。

　　就在我们准备引蜜蜂进蜂箱的时候，一位男青年来到了我家。他说这些蜜蜂是从他们家飞走的，现在想要引回去。考虑到我们并无养蜂经验，而且人家已经找上门来，同时也担心蜜蜂蜇到人，我们便同意了。男青年付了蜂箱的钱，对我们千恩万谢。

　　如今，我这里被鉴定成危房，已列入政府的三旧改革项目之中。附近的平房已陆续拆除，建筑工程正在热火朝天地进行着。不久之后，新楼房建好，我们就要搬离这里了。每当想到即将离开这个充满回忆的旧家，心中便涌起万般不舍。这里曾是孩子迈出人生第一步的地方，是我们共度佳节的温馨之所。这里，见证了家的成长与变迁，是爱的港湾，是心灵永远的归宿。我知道，无论未来的家多么漂亮舒适，这份对旧家的眷恋都将永远铭刻在心中，成为我生命中最柔软、最深情的部分。

人间重晚晴

"人生易老天难老，岁岁重阳。今又重阳，战地黄花分外香。"重阳佳节，这一承载着敬老爱幼深厚文化底蕴的节日，如同秋日里的一抹暖阳，温柔地照耀着每一颗渴望温暖与关怀的心灵。它是一个节日的符号，也是中华民族传统美德的传承，提醒我们，无论时代如何变迁，尊老敬老之心，永远不应褪色。

弹指一挥间，我的母亲离开我们已十多年。那道心中的伤痛，犹如岁月刻下的深邃沟壑，难以填平。今天是母亲的忌日，思念如潮水般汹涌澎湃，泪水肆意流淌。那些与她共度的温馨时光，如同被岁月尘封的老照片，虽泛黄却依旧清晰。

每当重阳佳节临近，心中那份难以言喻的痛楚便如潮水般涌来，泪水不自觉地滑落，打湿了记忆的衣襟。

记得那年中秋前夕，母亲的身体突然抱恙，家人劝她入院调养，期盼着康复后能共赏明月，共享团圆之乐。然而，命运却无情地开了个玩笑，母亲在医院里一睡不醒，最终在重阳前夕，永远离开了我们。世界仿佛失去了色彩，只留下无尽的悲伤与空虚。

几年后，父亲也追随母亲的脚步而去，留下的是"子欲养而亲不待"的锥心之痛。这份痛，如同秋日里的寒风，穿透骨髓，让人在寒风中颤抖，更在心灵深处刻下了永恒的烙印。

此后，每当看到那些已抱孙子的人，父母健在，那一声"爸妈"叫得很幸福，场面非常温馨，我就十分羡慕。而我，却只能在回忆中追寻父母的身影，感受那曾经的温暖。

在我的生活中，敬老爱老的故事如缕缕阳光，温暖着人心。与我同住一个院子的张哥，是一个朴实而善良的男人。为了照顾行动不便的父母，将小区大门口值班室改装成房屋，让父母居住。那间小小的屋子，成了爱的港湾。

时常有子女、儿孙前来探望，欢声笑语在小屋中回荡。人多的时候，屋子实在挤不下，大家便只好坐在门口。大铁门只能开一边，对小区的出入多少造成了不便，但邻居们却没有一丝怨言。

有一次，我路过张哥父母的住处，正巧看到张哥一家人围坐在门口。张哥细心地为父亲披上一件外套，轻声询问着父母的身体状况。他的妻子则在一旁削着水果，孩子们围绕在爷爷奶奶身边，叽叽喳喳地说着学校里的趣事。阳光洒在他们身上，仿佛给他们披上了一层温暖的金色外衣。我看到了张哥眼中的关切与爱意，看到了父母脸上洋溢的幸福笑容，我快乐着他们的快乐。邻居们来来往往，有的微笑着打招呼，有的驻足片刻，感受着这份温馨。或许，他们真的是被这浓浓的天伦之乐所感染，又或许，他们心中也有着对父母的那份深深敬爱。在这个小小的角落里，爱与温暖在静静流淌，让人感受到人性的美好。

重阳佳节，张哥一家人遵循传统习俗，为老人准备了美味的重阳糕。那糕色泽诱人，散发着阵阵甜香。张哥亲自将一块重阳糕送到父亲嘴边，父亲脸上露出满足的笑容。一家人围坐在一起，品尝着糕点，谈论着生活中的点点滴滴。张哥的妻子还为老人泡上了一壶清香的菊花茶，菊花在水中绽放，如同秋日里的温暖阳光。大家一边喝茶，一边欣赏着窗外的秋景，享受着这美好的团聚时光。

王姨，是我几十年的邻居。去年，她不慎摔了一跤，造成轻微的脑中风。在子女们的精心照料下，她逐渐恢复得七八成。对于一位80多岁的老人来说，这已经是很大的奇迹。王姨患有糖尿病，需要吃药和打胰岛素控制血糖。未中风前，每天早上她都会推着那辆略显陈旧的手推车去买一家子的菜。她迈着缓慢的步伐，穿梭在菜市场的人群中，精心挑选着新鲜的蔬菜。隔几天，她还会顺便在药店测一次空腹血糖。

如今，身体不如从前的王姨，不能再去买菜了，测血糖也成了问题。当我知道这个情况后，自告奋勇领下了这个任务。因为我也血糖高，经常要测空腹血糖和餐后两小时血糖。我的测糖仪放在上班的地方。为了方便给王姨测血糖，我多买一套放在家里。隔几天就帮王姨测一次。有时，王姨怕麻烦我，就在我家门口等我出门才叫我帮她测血糖。为了不耽误她早些吃早餐，我改掉了赖床看手机的习惯，早早起床帮她测血糖。

有一个清晨，我打开门，看见王姨静静地站在门口。她的眼神中有期待，又带着一丝歉意。我赶紧请她进屋，帮她测血糖。王姨的手微微颤抖着，我轻轻地握住她的手，安慰她不要紧张。测完血糖后，王姨连声道谢，眼中闪着泪花。那一刻，我感受到了一种别样的温暖。这不仅仅是一次简单的帮忙，更是一种爱的传递。

岁月如梭，我们每个人都会有老去的一天。那时的我们，或许也会像现在的父母一样，渴望得到子女的关爱与陪伴。因此，我们从现在做起，从身边的小事做起，用实际行动去践行尊老敬老的传统美德。珍惜眼前人，关爱身边的老人，让他们的晚年生活充满幸福与快乐。

愿天下所有的老年人都能老有所养、老有所乐、老有所依。

回娘家

春节是中华民族最重要的传统节日，蕴含着中国传统文化的精髓，承载着中国人的民俗、民风、乡风等风俗习惯。

大年初二出嫁女回娘家是其中之一，我对这种风俗尤其注重。没结婚之前，我一直跟父母住在爸爸单位分的房子。我登记结婚那年，父母在老家建了新楼房，按风俗要回去过年。老公家在农村，虽然登记了，但未摆喜酒我就算未过门，所以，我既不能在娘家又不能在婆家过年。

妈妈心疼我，说这个是单位的房子又不是父母看日子建的房子但住无妨。来自知识分子家庭，本身是教师的大嫂一向自称不迷信，这时发表意见说父母住的就是娘家，流传下来的风俗习惯是要尊重的。为了家人欢欢喜喜过个吉祥平和年，我在家附近找了一家招待所，除夕夜和年初一入住，初二一早再回来。

成家后，我在娘家吃饭，晚上才回自己的小家。虽然几乎天天见面，但到了年三十晚和年初一，我就不能在娘家了。年初二带着拜年的礼物，像走亲戚一样，郑重其事地回娘家。

有一年年初二，我回娘家，到了父母家的楼下，我习惯掏出钥匙开门，转而一想不自己开门了，俏皮地往楼上喊："妈，妈，快开门，亲戚来啦！"几岁大的女儿也跟着快乐地叫着："外婆，我们给您拜年来啦，新年好呀！"

下楼来给我们开门的是爸爸，他正色道："你没带钥匙吗？你妈正在厨房忙着呢。"我对一贯严肃的爸爸笑了笑，倒是乖巧的女儿甜甜地叫了声："外公，新年好！"

上了楼妈妈说："我们家大厨来了，鸡快煮好，其他的东西准备得差不多了，等下你来炒菜吧。"这话我爱听，而且当之无愧！

出嫁的姐姐们也带着孩子回娘家了，还有哥哥、弟弟一家大小都来吃饭。平时大家都比较忙，年初二最热闹，人最齐。表哥表妹们在一起放鞭炮、玩游戏等，笑笑闹闹。最高兴的是妈妈，知道女儿们年初二回娘家，早就在客厅等。见到女儿和外甥们，她马上抱抱外孙子，瞅瞅外孙女，笑得合不拢嘴。进房间拿出早就准备好的利是（红包）给外孙子（女），祝愿他们新的一年快点长大，学业进步。也接受女儿、儿子给她的新年红包。吃饭的时候，大家举杯祝福。祝愿大家新年心想事成，健康快乐！祝福爸爸妈妈福如东海，寿比南山。妈妈高兴得脸上每一条皱纹都充满了快乐。

每一年的年初二，我和姐姐们都相约回娘家，爸爸妈妈和我们都是那么开心。他们去世后，年初二回娘家日，就变得冷冷清清了。我真正体验到什么叫"父母在，家就在"。

中国有句古话说，"长兄为父，长嫂为母"。大哥家就是娘家。年初二我按风俗给哥嫂拜年。去年大哥大嫂六十一大寿，本想好好庆祝一番，由于疫情计划取消，不能去他家，真遗憾！今年的春节，春回大地，阳光明媚，天气非常好。年初二我带着孩子喜气洋洋地回了娘家。大哥大嫂年初生意最好，忙得没时间吃饭，我们聊聊家常，交换礼物，给对方孩子封了利是红包，走走回娘家形式，维系了亲情。

今年春节临近，邻居们见面互相问子女回不回来过年，什么时候回来。一个邻居说，今年儿子一家响应号召就地过年不回来。

桂姨说："我儿子和女儿年二十九一起开车回来，两个外孙前两天回来了"。另一个邻居说："女儿怎么回娘家过年？应该在婆家过年才对啊！"其他邻居也称是。

雷州半岛人的风俗习惯是出嫁的女儿除夕夜和年初一不能在娘家，年初二才可以回娘家，桂姨一把年纪了连这个都不懂？

我和桂姨是二十多年的邻居，她大女儿的两个儿子，很小的时候就在她家读书生活，大学毕业后出去工作了还回来这里过年，不回他们家。小女儿去广州打工后就在广州结婚了，老公是广州人，每年回来一两次看望父母，春节带着老公和孩子回来，热热闹闹地过几天年才回广州。

见邻居们说起，我趁此机会问早就想问又不敢问的困惑："桂姨真开明，像您这种年纪每年都让女儿回来过年，恐怕没有第二个人了吧？"桂姨爽朗地说："她要回来过年就回来呗，我不算论这些，过年不就图个热闹吗？不一定到年初二才回娘家。"

现代人抱怨年味淡了，人情世故不懂了，那是时代在变，拜年形式在变，人们的观念也在变，但愿中华民族优良的风俗习惯不会变，亲情更不会变。

再出发

岁月如流水，悄然在我的发间留下了痕迹。曾经乌黑如漆的头发，如今竟冒出了几根白发，白晃晃地在我头上耀武扬威，似在无情地宣告：青春已逝，韶华不再，而你仍一事无成！日子如一潭死水，那微薄的工资，勉强维持着生活。孩子在外地读书，爱人常年奔波在外，大多数时候，只有那些花花草草与我相伴。我曾以为，生活便会这样平庸下去，碌碌无为直至终老，如同那被命运遗忘在角落的枯叶，在寂静中等待腐朽。

一日，与一位在文学上颇有建树的老师闲谈，她的话语如同一束光照进了我灰暗的世界。她说，我少年时对文学的热爱与不错的文字功底不应被埋没，我应该重新拿起笔写作，为社会创造精神财富，为自己平庸的生活增添亮色。她与我经历相似，也曾在年轻时钟情于文学，却一度中断写作，人到中年才重新出发，如今在文坛已声名鹊起。曾经那个被生活愁云笼罩、整天愁眉苦脸的她，如今已容光焕发，岁月仿佛在她身上倒流，她看起来比实际年龄年轻不止 10 岁。

"理想是光是亮，会点亮你的人生，会让你的人生增值，会让你的人生变得有意义。你现在再出发，为时未晚。不要再碌碌无为了，拿起笔赶快出发吧！"老师目光如炬，微笑着讲述自己的经历，那笑容里有岁月沉淀后的从容，有对梦想坚持后的欣慰，让我不由自主地被她感染。

她对文学的热爱与执着，深深打动我。

那一夜，我失眠了。月光如水，透过窗户洒在床前，我躺在床上，思绪如脱缰之马。回忆如潮水般涌来，过去的点点滴滴在脑海中放映，我也开始认真思考未来的路。是啊，人生短暂，"一晃长大了，二晃老了，再晃没了。"我已经二晃了，生命中有太多遗憾，有太多未完成之事，我不想太快进入那最后的"一晃"。

古人云："花有重开日，人无再少年。"我本就是一个养花爱好者，家中那些五彩斑斓的花儿，是我生活中的一抹温馨。我熟知花开花落、花谢又花开的自然规律，它们在四季的轮回中展现着生命的坚韧与美好。而我的人生，难道不应如这花草一般，在经历寒冬后，也能再次绽放吗？于是，在打理花花草草之余，我开始寻找另一种充实——拿起那久违的秃笔，重新踏上文学之路。

得知"我的抗疫故事"有奖征文活动时，我的心湖泛起了涟漪。2020年那场疫情，是全人类的伤痛，我和我的祖国都经历了太多。那些日子里的恐惧、感动、希望，如同一幅幅画面在我眼前浮现，我有太多故事要讲。我怀着满腔热情，写下了自己作为一名平民老百姓的抗疫故事。当得知幸运地获得征文优秀奖时，我的内心激动不已。对于在文学上重新出发的我来说，这无疑是莫大的鼓励，宛如在黑暗中摸索前行时，突然看到了前方的曙光，它给予了我继续写作的信心。

不久后，"我的高考记忆"征文活动映入眼帘，我觉得自己有东西可写。高考，那是我人生中一段刻骨铭心的经历，有过汗水与泪水，有过希望与失望，尤其是那些惨痛的教训，至今仍历历在目。把它写下来，既是对自己人生轨迹的记录，也是对后来学子的一种启迪。写好之后，我将文章发给老师看，她如一位耐心的园丁，为我这棵稚嫩的幼苗精心修剪。她提出了宝贵的修改意见，并热心地向别处推荐。很快，我的《我的高考记忆》在一家报刊发表了。小试牛刀，连连获胜，我仿佛看到生活中重新有了亮色，写作也有了源源不断的动力，那种感觉，就像回到了少年时代，心中充满了对未来的憧憬。

学生时代的我，作文常被老师当作范文在课堂上诵读。我的文章还上过学校的黑板报，全校师生都能看到，这让我小小的心里充溢着满满的自豪和喜悦，文学之梦也在那时悄悄萌芽。我如饥似渴地阅读大量课外书，像一只勤劳的蜜蜂在知识的花丛中采蜜。我养成了写日记的习惯，尝试写些文章，那是一段累并快乐着的时光，每一个文字都是我心灵的音符。后来，为了生活奔波，我在世俗的泥沼中挣扎，变得灰头土脸、庸俗不堪、面目可憎，渐渐忘记了曾经那熠熠生辉的文学梦。

如今，我在文学之路上再出发，这感觉就像在黑暗中重新找到了光明之路。我重读经典，那些伟大作家的智慧结晶如同一盏盏明灯，照亮我前行的方向。我重新拿起笔写作，宁可一日无肉，不可一日无书，生活也因此变得绚丽多彩。

在写作的过程中，我品尝到了其中的酸甜苦辣。有时为了一个生动的句子，我仿佛置身于一座黑暗的迷宫，每一个词汇都是那闪烁不定的烛光，引导我在曲折的路径中摸索。当那灵光一现的时刻来临，"一吟双泪流"，那是灵魂与文字共舞的狂欢，是对创作艰辛付出后收获的至高奖赏。每一个绞尽脑汁寻找贴切词汇的日夜，都是对文字圣殿虔诚的朝拜，让我在这苦与乐交织的修行中，领悟到写作的真谛。为了让描写的东西真实有特点，我常常像一位敏锐的侦探，深入生活的细节去观察。

有志不在年高。在自己的努力以及老师、编辑的帮助下，我的小作频频发表，我一点点靠近那久违而灿烂的文学梦。我也成了读初中的儿子的骄傲，他很敬佩地对我说："您是一个积极向上的妈妈，给我做出了榜样，向您学习！"我紧紧握住儿子的手，坚定地说："儿子，妈妈和你继续一起努力！"

日子依旧清贫，但文学如同一束盛开在心灵深处的鲜花，让我的精神变得富裕，生活充满了阳光。我在文学之路上的再出发，如同在茫茫大海中重新扬起的风帆。历经生活的风雨，我这叶扁舟虽曾漂泊无依，但如今，文学之光如灯塔照亮航程。愿所有的人，都能如我一般，在千帆过尽后，找回那少年时的初心，让梦想之花在岁月的长河中永远绽放，无论何时出发，都能向着心中的那片璀璨星空勇敢前行，成为自己人生故事中最闪耀的主角。

第三辑
心灵之旅

寸金精神领航

在祖国大陆最南端的湛江，有一处闪耀着历史光辉与未来希望的胜地——寸金桥。它是湛江人的精神坐标。

寸金桥，静静横卧于湛江市赤坎区，是岁月长河中一位沉默而坚定的守护者。它的名字，散发着不屈的光芒，承载着厚重的历史记忆。它见证了湛江人民为保卫祖国河山，与侵略者展开的不屈抗争，深刻诠释了"一寸河山一寸金"的伟大精神。

"一寸河山一寸金"，这短短七个字，蕴含着巨大的力量与深刻的意义。回首 1898 至 1899 年间，那是一段血与火交织的峥嵘岁月。面对法国侵略者的强租恶行，遂溪人民（1899 年前，赤坎属于遂溪县管辖）毅然决然地奋起反抗。他们以顽强的意志、无畏的勇气，与敌人进行了一场惊心动魄的殊死搏斗。那战火纷飞的场景，至今仍历历在目。遂溪百姓手持简陋的武器，眼神中燃烧着坚定的火焰，用自己的血肉之躯筑起了一道坚不可摧的防线。最终，迫使法国将广州湾租界的西线从遂溪县线附近的万年桥后退 30 华里，以文章河为界。为了铭记这来之不易的胜利，1925 年，当地群众怀着崇敬与自豪之情，在河界上筑起了这座象征着国土尊严的寸金桥。1961 年，郭沫若来到湛江，听说了湛江人民抗法斗争的英勇历史，十分感动，于是题诗："一寸河山一寸金"，让后人铭记先辈们为保卫祖国河山所做出的巨大牺牲。

漫步在寸金桥边，我感受着微风的轻柔抚摸，仿佛能听到历史的回音在耳畔回荡。桥身古朴厚重，桥下流水潺潺，似在低吟着英雄的赞歌。桥边绿树成荫，默默陪伴着寸金桥。

而寸金桥公园，因毗邻寸金桥而得名。这里绿树成荫，繁花似锦。公园内，抗法英雄的塑像昂首挺立，那坚毅的面庞、挺拔的身姿，诉说着当年的英勇与豪迈。纪念碑文上的每一个字，如同一颗颗跳动的音符，奏响着爱国的壮丽乐章。

"一寸河山一寸金"的精神，不仅铭刻在历史的长河中，更在这片土地上生根发芽、传承延续。正如郭沫若先生所说："开辟荆榛千秋功业，驱除荷虏一代英雄。"寸金桥承载着厚重的历史，时刻提醒着我们，要珍惜这来之不易的和平与幸福，传承和弘扬"一寸河山一寸金"的爱国精神，为实现中华民族伟大复兴而努力拼搏。

教育，无疑是传承和弘扬这种爱国精神的重要途径。在课堂上，老师们通过讲述寸金桥的历史，让学生们了解先辈们的英勇事迹，激发学生们的爱国情怀。老师们不仅传承"寸金精神"，还以渊博的知识、高尚的师德，为学生们照亮前行的道路。他们严谨的教学态度，如同工匠雕琢美玉般，精心培育着每一位学子。学校秉持先进的教学理念，注重学生的全面发展，不仅传授知识，更注重培养学生的品德修养和创新精神。同时，也培养学生们的责任感和使命感，让他们明白自己肩负着建设祖国、保卫祖国的重任。正如陶行知先生所说："千教万教，教人求真；千学万学，学做真人。"教育不仅要传授知识，更要培养学生的品德和人格，让他们成为有担当、有责任感的人。

在赤坎众多学校中，有一所"湛江寸金培才学校"。在这里，学生们如同茁壮成长的树苗，尽情汲取着知识的养分，绽放出青春的绚丽光彩。

我的侄女曾在这里读初中，高中又进入国际班学习。如今，她已远渡重洋，在异国他乡继续深造。为了让子女得到更好的教育，我省吃俭用，先后把两个孩子送到这里读书。我给他们讲述"一寸河山一寸金"的爱国精神，鼓励他们努力读书。他们也不负我的期望，在知识的海洋中尽情遨游，学会做人的道理。看着他们的成长，我的心中充满了欣慰与自豪。孩子们很争气，高中分别考上湛江一中、湛江二中，都是市里首屈一指的学校。女儿去年大学本科毕业，凭借扎实的知识和优秀的综合素质，考上了省城里的公务员选调生，开启了人生的崭新篇章。

与"湛江寸金培才学校"同龄的儿子，明年就将迎来高考这一重大挑战。周恩来总理那振聋发聩的话语——"为中华之崛起而读书"，犹如一盏明灯，激励着无数中华儿女在奋斗的道路上奋勇前行、奋发图强。我的儿子也将这句话作为自己的座右铭，时刻激励着自己不断拼搏。每当看到他在书桌前努力拼搏的身影，那专注的神情、坚定的目光，都让我仿佛看到了充满希望的未来。

在儿子的成长过程中，"寸金精神"始终如一位领航者，引领着他不断前行。"一寸河山一寸金"所蕴含的爱国情怀、顽强拼搏精神，深深地影响着儿子。他明白，自己肩负着建设祖国、保卫祖国的重任，唯有努力学习，才能为国家的繁荣富强贡献自己的力量。

我始终坚信，正如高尔基所言："书籍是人类进步的阶梯。"多读书、读好书无疑是改变命运的关键所在。在知识的海洋中遨游，汲取着智慧的养分，方能不断成长、进步。而寸金培才学校，恰似一座坚实的桥梁，连接着孩子们的梦想与成功。它为孩子们提供了广阔的舞台，丰富的知识源泉，良好的学习氛围，是孩子们迈向成功的重要阶梯之一。在这里，孩子们能够茁壮成长，绽放出属于自己的光彩，为实现自己的人生理想奠定坚实的基础。

一代人有一代人的使命，在培养子女成才的过程中，我自己也与他们一道传承"寸金精神"，锐意进取。虽已人到中年，但我从未停止追逐年轻时就立下的梦想。我努力学习，积极写作，渴望成为一名作家。在忙碌的工作之余，我会抓紧每一分每一秒，阅读经典文学作品，汲取大师们的智慧。我用心观察生活中的点滴，将那些平凡而又动人的瞬间转化为文字。写作于我，不仅是一种表达自我的方式，更是一场心灵的修行。我的习作陆续发表在《散文百家》《青年文学家》等刊物上。

我相信，通过自己的不懈努力，终有一天能实现作家之梦，为自己的人生增添意义，成为孩子们的骄傲。我深知，文学的力量是无穷的。它能让我在喧嚣的世界中找到宁静，在平淡的生活中发现美好。因为有文学相伴，我的人生变得有意义、有价值。我将继续在文学的道路上砥砺前行，书写属于自己的精彩篇章。

我打包 我时尚

在城市的喧嚣中，酒楼饭店里常常是灯火辉煌，觥筹交错。每一张餐桌都像是一个小小的舞台，上演着人们的欢乐与满足。在这热闹的背后，却隐藏着一个不容忽视的现象——餐饮浪费。当我们在这美食的盛宴中尽情享受时，是否还记得，"锄禾日当午，汗滴禾下土。谁知盘中餐，粒粒皆辛苦"这首三岁孩童都能朗朗上口的古诗？是否还记得中华民族那爱惜粮食、勤俭节约的传统美德？

在那缺粮短吃、物资匮乏的年代，外婆常教导我："五谷好吃不好掉""节约粮食光荣，浪费粮食可耻"。那时，节约粮食是生活的本能。随着人们生活水平的提高，社交活动愈发广泛，外出就餐的机会增多，餐饮浪费现象悄然滋生。有人觉得在外面吃饭打包剩菜是"没面子"的事，也有人认为请客吃饭一定要有剩菜才显得自己"大方"。却不知，"一粥一饭，当思来之不易；半丝半缕，恒念物力维艰"。"光盘"是美德，打包并不丢脸，它是对劳动成果的尊重，是对传统美德的传承。

一次"打包"经历，我印象特别深刻。好友春在外地工作生活，因独居的母亲生病住院，匆忙赶了回来。而前几年前往省城发展的珊，这个月底因急事回乡，热心肠的文同学凭借自己广泛的人脉，赶在期限内帮珊办妥了事，随后又前往医院探望春的母亲，并找熟悉的医生安排好一切。为了这次难得的相聚，大家约定当晚在县城一家酒楼共进晚餐。

文同学先是去菜市熟食档精心挑选了烧猪肉，后接上春一同来到酒楼点菜。那酒楼里，灯光柔和而温馨，空气中弥漫着菜肴的香气。不久，在市区上班的几位同学下班后也匆匆赶来。餐桌上，红烧羊肉，色泽红亮，每一块羊肉都炖煮得恰到好处，入口即化，带着浓郁的香料味道；胡椒煲羊肚，胡椒的辛辣与羊肚的鲜嫩完美融合，热气腾腾，恰似温暖的春风，拂过味蕾；白灼大虾，虾肉晶莹剔透，鲜嫩弹牙，仿佛在舌尖上跳舞；盐擦白切鸭，外皮金黄酥脆，鸭肉鲜嫩多汁，有着独特的韵味；杂粮糖水煲，甜蜜而醇厚，各种杂粮在糖水中交织出和谐的旋律，每一口都充满了满足感。还有那一大盘炒海豆芽，这海中的"活化石"，对于大多数同学来说是新奇之物，除了我和文同学，其他人都未曾品尝过。物以稀为贵，它便成了餐桌上备受瞩目的珍馐。那两条巴掌大的清蒸黄鲻鱼，如盘中的金色珍宝，散发着诱人的光泽，可大家只吃了其中一条。珊把剩下的海豆芽吃得津津有味，而后又吃了些鱼，她笑着说另一条鱼就不动筷子了，留着打包。

酒过三巡，饭饱意足，大家准备起身离开。春和珊争着去结账时，才知晓文同学早已悄悄付了款。此时，餐后打包成了大家关注的话题。

春打包了烧猪肉，这些足够她自己明天一整天的菜肴了。她母亲一向吃素，那条鱼便不在考虑范围内。我看着那条剩下的鱼，心中有些犹豫。它太小，我内心其实并不想要，更主要的是那该死的虚荣心作祟，让我觉得打包有些"掉面子"。于是，我便让珊打包，毕竟她刚才说了要留着打包。珊却笑着打趣道："你想我带着鱼在动车上吃吗？"其他同学也纷纷劝我打包，可他们路远，开车带着剩菜不方便。我红着脸，不好意思地连连摇头摆手。

文同学看着那条无人问津的剩鱼，眼中流露出一丝惋惜，他感慨地说："一条鱼要几十块钱啊，你们都不要，那我只好打包回去给我老妈吃。我就跟她说是我钓来的鱼，请人加工的，哄她开心，这岂不是一举两得！"他的话语如同一缕清风，吹散了我心中虚荣的阴霾。大家听后，纷纷称赞这个办法妙。

文同学随后指指墙上和饭桌上的宣传标语，一本正经地读了起来：

"向浪费说不，向奢侈告别，让我们一同前行，舞动出我们自己的'光盘'！"

"节俭传家年年有余，光盘行动餐餐有约。"

我的内心如被重锤敲击，羞愧之感如潮水般涌来。我不禁向文同学投去敬佩的目光。他，身为某局局长，却毫无架子，总是那样的热心、孝顺、风趣幽默。他对待同学如春天般温暖，对待父母更是充满了敬爱。

而我只是一位普通女子，生活并不富裕，本应更懂得节俭之道，却在这小小的打包之事上，差点迷失了自己。我一个平凡之人，在生活的磨砺中竟忘却了最基本的美德。看着文同学那真诚的举动，我为自己那虚荣的爱面子心理而深深自责。

在当今世界，粮食短缺问题依旧严峻，无数人还在为温饱而挣扎。我们每一次的浪费，都可能是对那些处于饥饿边缘人们的一种漠视，是对地球资源的一种不负责任的消耗。每一粒粮食，都凝聚着农民辛勤的汗水；每一道菜肴，都饱含着厨师的心血。我们没有理由去浪费，更应该将打包视为一种光荣的行为。

"我光盘，我打包，我光荣，我时尚。"此后，这句话便成了我的座右铭。它提醒我在每一次用餐后，都要审视自己的行为。

中山生态之美

我最初知晓中山市，是因为孙中山先生，这里是他的故乡、成长的摇篮。深入学习中国地理后，我了解到中山得天独厚，安然坐落于珠江三角洲南端。其北面与繁华的广州紧密相连，南面和浪漫的珠海接壤，东边与充满创新活力的深圳和香港相邻，西同人文底蕴深厚的江门相接。

中山魅力无限，让我难以抗拒。在朋友的热情召唤下，我与家人踏上这片生机勃勃的土地。

阳光穿透稀薄的云层，轻柔地洒落在大地上。我们来到长江水世界，刚迈进这片天地，清凉与活力便如浪潮般涌来。巨大的水滑梯在阳光下熠熠生辉，一池池澄澈的水波光粼粼。四周绿树繁茂，翠绿的枝叶在微风中轻轻摇曳，与水世界里的欢声笑语相互映衬。孩子们在水中尽情嬉戏，清脆的笑声如同天籁。

来到江滨公园，徐徐江风携着江水的湿润，温柔地飘拂而来。江水缓缓流淌，倒映着天空中变幻的云朵。岸边的柳树垂下嫩绿的枝条，轻轻摇曳。几只小船在江面悠然行驶，荡起层层涟漪。草坪上，人们或坐或躺，惬意地享受悠闲时光。五颜六色的花朵竞相绽放，红的似火，粉的如霞，白的像雪，空气中散发着缕缕花香。

极目远眺，几只白鹭在江边优雅地觅食，时而低头啄食，时而振翅高飞，洁白的羽翼划过天际。白鹭是大自然的精灵，被誉为大气层的"监测鸟"，对环境要求极高。只有清新的空气、纯净的水源和未受污染的生态，才能引得它们停留。在江边，人与白鹭和谐共处，很多人驻足观赏白鹭，或拍照留念，而白鹭也不怕。人们不再过度干扰白鹭的生活，而是心怀敬畏，远远欣赏它们的美丽。这从侧面证明了这里环境很好，白鹭才会把此处当作"家园"。

我们朝着五桂山进发。汽车沿着蜿蜒的山路前行，车窗外的景色恰似一幅徐徐展开的绿色长卷。五桂山山峦起伏，雄伟壮丽。山上树木郁郁葱葱，成了绿色的海洋。高大的乔木直冲云霄，阳光透过树叶的缝隙洒下，形成一片片斑驳的光影。山间的小溪潺潺流淌，溪水清澈透明，能清晰地看到水底的沙石和游动的小鱼。我们沿着山间小道徒步，脚下是厚厚的落叶，发出沙沙的响声。空气中弥漫着草木的清香，令人心旷神怡。置身其中，我感受大自然的宁静与神秘，时间已凝固。

水哲外埔生态旅游区呈现出如诗如画的田园美景，给游客带来别样的惊喜。湖水清澈见底，鱼儿自由自在地游弋。湖面上，荷花绽放，粉色、白色的花瓣在绿叶的衬托下显得分外娇艳。田地里，瓜果飘香，金黄的稻穗在微风中轻轻摇曳。农民们在田间辛勤耕耘，脸上洋溢着丰收的喜悦。游客们可以亲自采摘水果，体验农耕的乐趣。我又看到了人与自然和谐共生的美好场景。

香樟公园宛如一片宁静的绿洲。踏入公园，首先映入眼帘的是一棵棵高大挺拔的香樟树，枝繁叶茂，为人们遮挡烈日。树下，绿草如茵，开满不知名的小花，五彩斑斓。我坐在树下的长椅上，闭上眼睛，静静地聆听鸟儿的啼鸣和微风的细语，旅游的疲惫全跑了。

孩子最钟情紫马岭动物园。夕阳的余晖给动物园披上一层金色的外衣。动物们在各自的区域里悠闲地活动着。长颈鹿优雅地伸长脖子享用树叶，斑马在草地上欢快地奔腾，猴子在树上跳来荡去。没有天敌的世界是那样的自在美好。

来中山之前，朋友曾跟我说起，中山在绿美和生态方面投入很多，且成效显著。来到中山的所见所闻，觉得此言不虚。市政府以绿色为底色，以生态为画笔，勾勒出了一幅令人心醉神迷的魅力画卷。这里不再仅仅是钢筋水泥的堆砌，而是人与自然和谐共生的诗意家园。它让每一个到访者感受到生命的律动和自然的温暖，这座城市的居民为自己所在城市自豪。

行走在中山，可以见到公园绿地星罗棋布，为居民提供了充足的休闲空间；街道干净整洁，垃圾分类工作有条不紊地推进，市民的环保意识不断增强；空气质量持续提升，蓝天白云成为常态，清新的空气令人身心愉悦。我深切地感受到这座城市对生态保护的重视和不懈努力。绿美中山，不只是大自然的慷慨馈赠，更是中山人民精心呵护的成果。

中山，这座充满生机与活力的城市，以其绿色之美，深深触动了我的心灵。

入伏的雷州半岛

"小暑不算热，大暑三伏天。"这句俗语在雷州半岛广为流传。入伏，不是二十四节气之一，但与我们的日常生活息息相关。每年的夏至日后第三个庚日，便是入伏的日子。

"入伏"二字，听来便觉热气蒸腾。"伏"字，如同一个神秘的符号，揭示着阳气旺盛，阴气潜伏。这标志着一年中最热的时段正式开始，也预示着我们即将迎来一段难熬的酷暑。此时的阳光毫不吝啬地洒向大地，空气仿佛被点燃，热浪滚滚而来，仿佛要将一切都烤焦。

一

雷州半岛三面环海，与内地的入伏自然不同。它总是伴随着丝丝海风的味道。海风从南海吹来，带着咸湿的味道，与内陆的热气交织在一起，形成了一种独特的夏日气息。所以，半岛的入伏还有另一个名字——苦夏。由于天气酷热难耐，人们常常感到食欲不振、精神不振。但在这样的时节，半岛仍旧孕育着丰收的希望。

我出生于雷州半岛，自小在这湿热交织的季风中长大，对于入伏，有特别深的感受，也有着别样的情感，能感受到大自然的热情与活力，也能品味到生活的悠闲与宁静。

记得小时候，我听外婆唱过流传于雷州半岛乡野间的歌谣："人在屋里热得跳，稻在田里哈哈笑。"意思是，夏季高温，人感到闷热难耐，但有利于水稻的生长。入伏来临，人们便知这是农作物生长的关键时期，阳光和温度将赋予稻田和果园能量。

在海边的渔村，则流传这样的民谣："入伏海风吹，鱼虾满舱归。阿妹盼阿哥，平安早家回。"这首歌谣唱出了渔民们对入伏的期待，也唱出了亲人间的牵挂。每当入伏时节，村里的女人们会在海边守望，等待着出海的渔船归来。而男人们则在海上奋力捕捞，希望能在这个炎热的季节里，为家人带来丰厚的收获。

入伏后的雷州半岛，民俗活动丰富多彩。人们会举行盛大的祭祀仪式，感谢大海的恩赐，祈求风调雨顺、鱼虾满仓。

在热闹的集市上，各种特色的小吃琳琅满目，清凉的糖水、香甜的水果，为人们驱散了夏日的暑气。街头巷尾，总是弥漫着各种水果的香气。波罗蜜、荔枝、龙眼等热带水果，在这个时节成熟上市。它们的甜美滋味，不仅让人垂涎欲滴，也为这酷热的夏天增添了一抹清凉的色彩。人们品尝着清凉解暑的食物，如绿豆汤、西瓜、凉粉等，以驱散体内的燥热。我特别喜欢吃一种叫凉草的美食。它由新鲜的草药熬制而成，呈墨绿色的果冻状，冰爽清甜。凉草入口滑嫩，带着淡淡的草药香，瞬间驱散夏日的炎热与烦躁。在酷热难耐时吃上一碗，让人身心舒畅，难忘夏天里这独特的美味。

二

伏天太热，老人们会坐在树荫下，摇着蒲扇，讲述着与入伏有关的故事；孩子们则会在水中嬉戏玩耍，享受着清凉的快乐。

老人讲的跟入伏有关的故事，我记忆犹新。相传在很久以前，雷州半岛有一位名叫阿福的年轻人。他勤劳善良，乐于助人，深受村民们的喜爱。有一年，村里遭遇了严重的旱灾，庄稼颗粒无收，村民们的生活陷入了困境。阿福看在眼里，急在心里。他决定前往远方寻找水源，拯救村庄。经过长途跋涉，阿福终于找到了一处水源。然而，在返回村庄的途中，他遇到了一位神仙。神仙告诉他，要想让村庄恢复生机，他必须在入伏的第一天，将水源带回村庄，并在村庄里种下一棵榕树。阿福听了神仙的话，毫不犹豫地答应了。入伏的第一天，阿福带着水源回到了村庄。他按照神仙的指示，在村庄里种下了一棵榕树。奇迹发生了，榕树很快就长成了一棵参天大树，它的根系深深地扎入地下，为村庄带来了源源不断的水源。从此，村庄恢复了生机，村民们的生活也变得越来越好。为了纪念阿福的功绩，村民们在榕树旁建起了一座庙宇，并将他尊为神明。每年入伏的第一天，村民们都会来到庙宇前，祭拜阿福，并祈求风调雨顺，国泰民安。

我至今不清楚这个故事是编的还是真的。这个不重要，重要的是它反映了雷州半岛人民对美好生活的向往和追求。在入伏的日子里，人们忍受炎热的天气，还勇敢面对生活中的各种困难和挑战。正是这种坚韧不拔的精神，让半岛人民在这片土地上生生不息，创造出了属于自己的辉煌。

三

入伏后的雷州半岛，街头巷尾弥漫着一种独特的气息，那是一场视觉与感官的盛宴。不只是有海鲜的味道、汗水的味道、生活的味道，还有诗的味道。尽管热得要命，但这里的诗意一丝不减，那是从清晨到满天繁星都有的诗意弥漫。

清晨，当第一缕阳光透过薄雾，洒在金色的沙滩上，那细软的沙粒仿佛被镀上了一层金光。海风轻轻吹过，带着海水的咸湿与清新的草木香气，让人的心情也随之变得愉悦。此刻，沿着海边漫步，仿佛能听见海浪与礁石的私语，感受到大自然的和谐与宁静。

白日里，天空湛蓝如宝石，没有一丝云彩的遮挡，那炽热的太阳高悬头顶，将光芒毫无保留地倾泻而下。远处的海面波光粼粼，像是被撒上了一层细碎的金粉。海风裹着滚滚热浪，吹过城市的大街小巷，吹拂着路边的棕榈树，树叶在风中摇曳，发出沙沙的声响。

而在乡间，尤其是被称为"粤西粮仓"的雷州东西洋田，稻田里的水稻已经长得齐腰高，绿油油的一片，在烈日的炙烤下，叶片微微卷曲，却依然倔强地挺立着，等待着最后的成熟。田边的小溪流，水流量比往常小了许多，清澈的溪水在石头间流淌，发出潺潺的声音。

午后，阳光更加炽烈，但城市的大街小巷却依然繁忙而有序。绿树成荫的街道上，人们或匆匆行走，或悠闲地坐在树荫下乘凉。偶尔，一阵微风吹过，带来一丝凉爽，让人暂时忘却了夏日的炎热。

傍晚时分，当夕阳的余晖洒在海面上，整个雷州半岛都仿佛披上了一层金色的外衣。人们纷纷走出家门，来到海边，享受海风的吹拂。此时的海边，热闹非凡，好像城里的人都来到这里。海里，有人在游泳，洗掉一天的暑气。海滩上，人们或坐在沙滩椅上悠闲地聊天，或静坐垂钓，享受着这难得的悠闲时光。而孩子们在追逐，嬉戏玩耍。远处，渔船归航，带着一天的收获缓缓驶来，为这宁静的海滨增添了一抹生动的色彩。海浪拍打着礁石，发出阵阵轰鸣声。这一刻，所有的烦恼都被抛诸脑后，人们尽情地享受着夏日的美好。

而在城镇的夜市里，各种美食琳琅满目，让人目不暇接。从海鲜到烧烤，从糖水到水果，每一种食物都散发着诱人的香气。人们在这里品尝着美食，感受着这座海湾城市的烟火气息。

最受欢迎当然是海鲜。湛江作为中国海鲜美食之都，即便是入伏天，烧烤摊上的烧生蚝依然诱人。肥美的蚝肉在炭火上吱吱作响，蒜蓉与蚝香交织，入口，蚝肉鲜嫩爽滑，蒜香浓郁，仿佛在舌尖上舞动一曲美妙的旋律。还有那虾肉的紧实弹牙，蟹肉的细腻清甜，让人沉醉在这海洋与烟火交织的美妙世界中，难以自拔。

夜色下的一些乡镇，有一些民间艺人在表演着传统的技艺，如雷剧、粤剧、木偶戏等。他们的表演吸引了众多观众，让人们在享受美食的同时，也感受到了传统文化的魅力。我品尝着美味的小吃，欣赏着民间艺人的表演，仿佛置身于一个梦幻的世界。

舌尖上的温州风情

　　走在温州的大街小巷，我闻到了空气中弥漫的美食香气，那是独属于温州特色小吃的诱人味道。这些散落在街头巷尾的温州美食，蕴含着独特的地方风味，背后蕴藏着深厚的历史渊源、温州精神。

　　就说鱼丸吧，看到它，我就想起温州悠长的渔业历史。温州靠海，渔业资源丰富得很，鱼自然就成了人们餐桌上的常客。

　　新鲜的鱼肉被仔细挑选出来，然后经过反复捶打。这个过程可不容易，需要足够的耐心和技巧，直到鱼肉变得富有弹性。做成的鱼丸就像圆润的珍珠一样，在清汤里翻滚的时候，鱼香味也"滚"出来了。

　　当我端起一碗鱼丸汤，轻轻咬鱼丸，鲜嫩爽滑，鱼肉的鲜味就在嘴里散开。那股带着海洋气息的鲜味，让我真切地感受到温州人对食材本味的尊重和对传统做法的传承。鱼丸制作过程中的耐心与对传统的坚守，正是温州人务实、踏实的精神体现。

　　温州人在发展经济的道路上，一步一个脚印，从传统的渔业到如今多元的产业格局，无论面对何种变化，都稳稳地前行。小小的鱼丸，记录了时代的变迁。它曾经只是渔民家庭简单的美食，如今却成了代表温州美食文化的名片，走向全国乃至世界。这是生活进步的体现，也是温州在国家发展浪潮中积极融入、贡献力量，共筑中国梦的一个缩影。

灯盏糕也是我喜欢的小吃。站在小吃摊前，看着摊主熟练地把食材裹在面糊里，再轻轻放入油锅。随着油温升高，糕体慢慢膨胀，那股香气直往我鼻子里钻。刚出锅的灯盏糕拿在手里还微微发烫，我轻轻咬上一口，外皮酥脆，内馅的口感很丰富。

灯盏糕的历史，据说能追溯到元末明初呢。那个时候的温州人，把萝卜丝、猪肉、鸡蛋等食材组合起来，做成了这种美味。这种做法传承至今，并有所创新。制作灯盏糕时，无论食材简单或复杂，温州人都能巧妙搭配，创造出独特的美味，这体现了温州人的创新精神。

在时代的发展进程中，温州人就像制作灯盏糕一样，不断创新商业模式，从传统制造业到新兴的科技产业，都能看到温州人的身影。这种创新精神推动着温州不断适应社会变迁，从一个相对传统的商业城市发展成为现代化的经济强市，在实现自身发展的同时，也为中国梦的实现增添了活力。

糯米饭和温州的农耕文化有着千丝万缕的联系。温州盛产糯米，所以糯米饭在这儿很受欢迎。香糯的米饭是基础，再加上油条碎、肉末和香菇，那可真是绝配。糯米被浓郁的香味包裹着，油条碎让它多了份香脆，肉末和香菇带来醇厚的肉香和独特的菌香。每一口糯米饭都融合了多种味道，简单却又特别满足。在温州人的记忆中，糯米饭就像一个默默陪伴的伙伴，从日常的饱腹食物到如今的特色美食，始终散发着独特的魅力。糯米饭看似简单，却能在不同食材的融合中达到一种和谐的美味，这是一种包容精神。

在社会发展中，温州吸引了来自各地的人才和资源，如同糯米饭包容各种食材一样，温州包容着不同的文化和理念，从而实现多元发展。

这种包容精神促进了温州与外界的交流合作，推动着温州在时代的浪潮中不断进步，向着共筑中国梦的目标大步迈进。

矮人松糕也是温州小吃里不能错过的。它有着百年的历史传承，就像一个从过去走来的文化使者。我曾好奇地看着师傅制作松糕，米粉和糖的比例、用量，还有蒸制的火候和时间，每一个环节都很讲究。蒸好的矮人松糕就像一件艺术品，表面撒上红枣、核桃等果脯，看起来特别诱人。

尝上一口，那松软绵密的口感，甜而不腻的味道，还有淡淡的米香，在嘴里散开，让我深深感受到传统糕点的独特魅力。松糕的制作工艺一代一代传下来，饱含着温州人对传统美食文化的珍视。

矮人松糕的传承体现了温州人对传统的敬重，这种敬重传统的精神在温州的发展中也有深刻体现。在快速发展的现代社会，温州人在追求现代化的同时，不忘传承和弘扬优秀的传统文化，如永嘉学派的事功之学等，将传统文化与现代商业文明相结合。

鸭舌也是温州的独特美味。温州的养鸭业比较发达，鸭舌也就慢慢被人们发掘出独特的食用价值。它经过精心腌制和晾晒后再烹饪，变得很有嚼劲。嚼着鸭舌，既能尝到鸭肉的鲜香，又能感受到独特的酱料风味，那种丰富的味道层次，让我一下子就喜欢上它。

在温州，无论是作为平时的小零食，还是餐桌上的开胃菜，鸭舌都很受欢迎。它见证了温州畜牧业和饮食文化的交融发展，也是温州味道的重要组成部分。鸭舌从被发掘到成为特色美食，这一过程体现了温州人的探索精神。温州人善于发现身边事物的价值，这种探索精神延伸到温州的发展上，就是不断挖掘新的商业机会、探索新的发展模式。

而馄饨在温州也有着深厚的历史底蕴，和中国古代的馄饨文化有着紧密的联系。温州馄饨的独特之处在于精致，那薄得近乎透明的皮，就像一层轻纱，仿佛能看到里面丰富的馅料。猪肉、虾肉等馅料加上葱花、紫菜、蛋丝等调料，组合出的味道特别鲜美。馄饨汤清味美，咬一口，馅料在嘴里散开，那种入口即化的感觉真的很美妙。

温州馄饨也是一种文化的传承。它代表着温州人对传统饮食文化的执着坚守。温州人对馄饨制作工艺的执着坚守，就如同他们在发展道路上对品质的坚守一样。在经济全球化的今天，温州产品走向世界，靠的就是这种对品质的坚守精神。这种精神让温州在国内外市场上赢得了声誉。

在温州的街头漫步，那阵阵飘来的小吃香气，就像是这座城市对我的亲切召唤。每一种小吃都是温州的一张美食名片，吸引着来自五湖四海的游客。它们见证了温州的历史变迁，在岁月的长河中不断传承和发展，成了独特的城市文化符号。而我，有幸能在这舌尖上的温州风情里，感受这座城市的独特魅力，也能从中体会到温州人在共筑中国梦道路上的积极态度和不懈努力。

寻韵遂溪孔子文化城

　　车子从渝湛高速遂溪出口驶出，几分钟的车程，便望见了那座宏大的古牌坊——德政坊，它如同一位庄重的老者，静静伫立，迎接着每一位前来探寻的访客。这便是孔子文化城旅游区的主入口。从这里开始，我仿佛一步一步走进了历史的长卷。

　　走进城门，瞬间被这座城的恢宏大气所震撼。这是一座充满孔子圣迹和儒家思想文化的城池。孔庙庄严矗立，杏坛静谧安然，君子岛清风拂面，石牌坊古朴凝重，石刻画栩栩如生，每一处都在"讲述"着圣人的智慧和他的"论语"真谛。

　　沿着青石铺就的道路前行，古老的建筑错落有致。这是一座仿古之城，东南大门威严耸立，飞檐斗拱，宛如展翅欲飞的大鹏。道路桥梁蜿蜒伸展，石桥下流水潺潺。庙宇城墙庄重肃穆，红墙黄瓦。亭台楼阁精巧别致，雕梁画栋，美轮美奂，处处彰显着春秋和明清的古建筑之风。每一块墙砖古瓦，每一条精致的廊桥，都承载着岁月的记忆，唤醒着遂溪积淀了千年的文明古风。

　　行走其间，我仿佛穿越回到古代，与千年前的古人进行着一场心灵的对话，轻轻触摸着历史文化的脉络。

继续漫步，我发现这里还是一座雷州半岛古火山之城。脚下的路石地砖，皆出自本土的火山玄武石，奇特厚实，让人不禁感叹大自然的鬼斧神工。

不知不觉，我来到了青莲湖畔。湖水清澈，微风拂过，波光粼粼，犹如万千碎银在水面跳跃。湖畔，荷花绽放，有的含苞待放，宛如羞涩的少女；有的娇艳盛开，似贵妃出浴，粉的、白的，与碧绿的荷叶相互映衬，美不胜收。在这里，蛙鸣虫唱，与湖水的潺潺流淌声交织在一起，是一首和谐的自然交响曲。我沿着池畔漫步，感受着这份宁静与美好，心中对儒家文化的博大精深又多了几分敬佩。

再往前走，便是孔庙。走进孔庙，首先映入眼帘的是棂星门，它高大而挺拔，石柱上雕刻着精美的云纹和瑞兽，在守护着这一方神圣的净土。泮池中的水清澈见底，鱼儿在水中嬉戏；池边的垂柳依依，轻轻拂过水面，泛起层层涟漪。大成门内，供奉着孔子的塑像。其面容慈祥，目光深邃，让人不禁心生敬畏。东西庑的廊庑中，陈列着历代儒家先贤的牌位和事迹介绍，让人感受到儒家文化的源远流长。大成殿则是孔庙的核心建筑，殿宇雄伟，飞檐翘角，殿顶的琉璃瓦在阳光的照耀下熠熠生辉。殿内的梁柱上绘有精美的彩绘，描绘着儒家经典故事和人物，栩栩如生，我仿佛置身于历史的长河之中。

这座孔庙历史悠久，它的背后承载着遂溪深厚的文化底蕴。据记载，遂溪孔庙原名学宫，相传是孔子后人到遂溪任职时带来了孔子像。自宋朝始建，几经迁徙，不断扩建。1978年，孔庙被拆除，但留下的历史古物见证了它曾经的辉煌。在遂溪人民的强烈呼声下，重新规划建设的孔庙展现在世人面前。

如今，每年9月10日，这里都会举行一场盛大且庄重的祭孔大典。

那是一场震撼心灵的文化盛宴，在庄严肃穆的氛围中，人们心怀敬仰，追溯先师的智慧与仁德。大典当日，晨曦微露，孔庙内外已被精心装点得庄重而神圣。红绸飘扬，鲜花簇簇，香炉中香烟袅袅升腾，如梦如幻。钟鼓齐鸣，雄浑的钟声与清脆的鼓声交织回荡，仿佛在唤醒沉睡的历史记忆，令人心潮澎湃。身着古装的主祭官，手持祭文，步伐沉稳而有力，缓缓登上祭台。其声音洪亮且庄重，诵读着对孔子的尊崇与追思，饱含着对先师的深深敬意，声声入耳，扣人心弦。

随后，众人依次向孔子像敬献花篮，那些娇艳的鲜花，承载着人们对孔子的敬爱与怀念。上香之时，青烟袅袅，香气弥漫，人们的神情专注而虔诚，仿佛在与先师进行着一场心灵的交流。行揖礼时，人们动作整齐划一，身体微微前倾，双手抱合，展现出对先师的恭顺与尊崇。

拜师礼上，莘莘学子身着汉服，面容肃穆而庄重。他们在师长的引领下，认真学习揖礼，而后恭敬地揖拜先师孔子。那诚挚的眼神中，充满了对知识的渴望，仿佛在向先师许下勤奋求学、传承文化的坚定誓言。我欣喜地感受到了年轻一代对传统文化的敬畏与传承之心。

开笔礼中，小朋友们换上崭新的汉服，宛如穿越时空的学童。在孔子圣像前，他们手持毛笔，在师长的耐心指导下，郑重地写下人生的第一个字。那一笔一画，虽略显稚嫩，却蕴含着开启智慧之门的无限期望，接受着传统文化的神圣洗礼，开启了求学问道的漫漫征程。

而古老神秘的"活文物"六佾舞更是将大典推向高潮。舞者们身着华丽的服饰，衣袂飘飘，动作整齐优美，舞姿典雅庄重。他们随着悠扬的音乐节奏翩翩起舞，手中的道具挥舞间，舞步、手势都蕴含了深厚的文化内涵和独特的艺术魅力。

整个祭孔大典庄重肃穆，充满了浓厚的文化氛围，让人深深感受到了国风古韵的孔儒文化的迷人魅力。

孔子文化城，也是一座水城。山环水转，河湖相接，鱼群翔游，水鸟掠波。水的灵动为这座城增添了几分柔情与诗意。它还是一座森林之城。热带林木郁郁葱葱，花草繁茂，四季花芳，果香满园。漫步在绿道上，呼吸着清新的空气，身心都得到了极大的放松。

在孔子文化城里，我看到了历史与现代的交融，感受到了儒家文化的源远流长。它不仅是遂溪的一张闪亮名片，更是中华传统文化的瑰宝。

追寻周敦颐在广东的足迹

在五岭之南的广东，曾留下周敦颐先生的足迹。今天，迎着岭南的暖风，我踏上了追寻周先生在广东足迹的旅程。

周敦颐（1017年-1073年），字茂叔，号濂溪先生。是宋朝儒家理学思想的开山鼻祖，也是文学家、哲学家，以其深刻的理学思想和高洁的品德，在中国历史上留下了浓墨重彩的一笔。他的哲学著作《太极图说》和《通书》，为宋明理学奠定了基础。他一生致力于追求真理，倡导"无极而太极""主静立人极"等理念，为后人构建了一个深邃而宏大的哲学体系。

在广东这片土地上，周敦颐的身影也曾如同一颗明亮的星辰，照亮了南粤大地。宋神宗熙宁元年，即公元1068年，周敦颐由湖南来到广东任职。因为，他被朝廷升为虞部郎中，为广南东路提点刑狱公事，开启了他四年非凡的旅程。

这里解释一下广南东路。宋真宗咸平四年（1001年），广南路分为广南东路和广南西路，简称"广东""广西"。"广东"一名从这时开始出现。广南东路治所正是千年古都广州，现在广东省的大部分地区都是它管辖的范围。

当时的广东并不像现在这样发达，被称为"南蛮"之地。初入广东，周敦颐首先来到了繁华的广州。北宋时期的广州，是岭南地区的重要城市，也是岭南文化的代表，融合了中原文化与岭南本土特色，呈现多元开放形态。周敦颐就居住在离莲池不远的武安街清风桥北。那一处居所，仿佛是喧嚣尘世中的宁静港湾。莲池，宛如一颗璀璨的明珠，散发着迷人的光彩。微风轻拂，莲叶摇曳，莲花亭亭玉立。周敦颐常常在工作之余，漫步至莲池边，静静地凝视着那满池的莲花。莲花出淤泥而不染的高洁品质，与他所追求的君子品德相互映衬。在这里，他的心灵找到了寄托，那莲池的美景也仿佛融入了他的灵魂。

周敦颐百年之后，广州官府为纪念他，在广州府武安街转运司署旧址（即周敦颐故居）修建了一座祠堂，名曰"濂溪书院"。这座书院，承载着人们对他的敬重与怀念，此后的九百多年，这里成为广州学子们求经问道的胜地。

周敦颐的脚步并未止于广州。他怀着一颗对未知的好奇与探索之心，多次来到德庆的香山。山上有一座寺庙。周敦颐多次来到香山寺。香山雄浑壮美，山峦起伏似巨龙蜿蜒，树木葱茏如翠玉铺展，恰似大自然以苍劲之笔绘就的一幅磅礴画卷。山间云雾袅袅，似轻纱曼舞，如梦如幻，为香山披上一层神秘的面纱。清新的空气如水般在每一处角落流淌，他甫一踏入，便觉心旷神怡，仿佛所有的尘世烦扰，都在这山林的温柔怀抱中悄然消散。他踱步于山间小径，耳畔传来鸟儿的婉转欢歌，微风轻柔地拂过面庞，他的内心涌起无尽的感慨。回来之后，他挥毫泼墨，留下了《香山寺》这一不朽诗篇。

周敦颐在诗中回忆自己前一年冬天和去年春天两次来到香山寺。他在这充满禅意的地方，思考着时光的流转和世事的变迁，感悟佛法带来的内心平静与超脱。诗中还生动地描绘了香山寺周边如诗如画的美景，千涧流淌着如佛法乳汁般的溪流，万林之中落花缤纷似天女散花，阶旁的松树仿佛也在聆听佛法，成了他的知音。

《香山寺》为香山增添了一抹浓厚的文化底蕴和艺术魅力，让后人在品味这首诗时，共鸣当年周敦颐在香山的所思所感，体悟他的哲学思想与人生境界。它如同一座灯塔，吸引着无数文人墨客前来香山探寻古迹，感受那份穿越时空的诗意与情怀。它激励着人们在面对自然美景时，用心去感悟、去思考，追求内心的宁静与升华。同时，它也成了德庆地区文化传承的重要组成部分，见证了历史的变迁与文化的延续，对当地的文化发展产生了深远而持久的影响。

在端州（今广东省肇庆市），周敦颐听闻当地"端守杜谘，取砚无餍，人号为'杜万石'"的传言，他愤怒端州太守夺民之利，于是奏请朝廷下令，凡在端州为官者，买端砚数量不得超过两方。这一举措大大遏制了当地官员对于端砚的不良意图，保证了端砚稳定出售、流世，在端砚历史上有着举足轻重的地位，也体现了他关心百姓、公正廉洁的为官之道。

周敦颐还多次巡视连州，来到巾峰山麓，见一湾美泉流淌于大地之上。周敦颐缓缓行至此处，双手轻轻掬起一捧清泉，那清冽的水流滑过掌心，顿感清流荡怀，夏日的暑气瞬间消散得无影无踪。凝视着这一汪清泉，他的思绪飘飞，忆起连州历史上那些清正廉洁的官员们，如刘瞻、黄损、孟宾于等人，以及被贬连州的韩愈、刘禹锡等，他们都是为官清廉、刚正不阿的贤人。周敦颐的感慨如潮水般翻涌，于是叫人呈上笔墨，欣然写下"廉泉之源"四个大字，并命人刻在石崖之上。这四个字，既彰显他对清廉之士的由衷赞誉，又如同无声的嘱托，寄托着他对后来为官者的殷切期望。石崖之上的四个字，至今仍在阳光的映照下熠熠生辉，见证着千古不变的清廉之道。

宋熙宁二年正月初一，阳光洒落在阳春的大地上，周敦颐在一众官员的陪同下，开启了别样的旅程。他们先来到通真岩，周敦颐凝视着这片神秘的天地，心中感慨万千，挥笔在岩壁上题写"转运判官周敦颐茂叔熙宁二年正月一日游"，字迹苍劲，如同跳动的音符。他还他穿梭于大街小巷，走访民情，倾听百姓的心声。根据自己的所见所闻所思，周敦颐写下了七律《按部至春州》。这里的"春州"最初辖阳春市和流南县，后历经多次行政变更。

《按部至春州》表达了周敦颐对老百姓的深深关切，也暗含他对自己使命与责任的思考。"万里诏音频降下，一方恩惠尽均匀。"他的目光追随着朝廷的诏令，期盼着那一道道旨意能如春风般吹遍大地，让每一个角落都沐浴在公平的恩惠之中。他盼望着，这片土地上的百姓不再受贫困之苦，不再为生活所累。"丈夫才略逢时展，仓廪皆无亟富民。"他以大丈夫的胸怀，渴望在这风云际会之时，施展自己的才华，为百姓谋福祉。他的心中，装着百姓的冷暖，装着对美好生活的向往。他渴望用自己的智慧和力量，让那空空的仓廪充实起来，让白姓过上富足的生活。

据《阳江县志》记载：周敦颐"以洗冤泽物为己任，不惮劳苦，虽瘴疠险远亦缓视徐按。行部岭西春、恩之间，狱多平反。"他巡视阳春期间，不畏艰险，走访民情。他以无畏的勇气打击豪强，让那些为非作歹之人闻风丧胆；他的秉持公正，平反冤狱，为蒙冤者带来了希望的曙光；他的担当，如巍峨高山，守护着这片土地的公平与正义。

时光流转，来到熙宁二年三月，肇庆七星岩的石室岩迎来了周敦颐。

他漫步在这神奇的地方，感受着大自然的鬼斧神工。石室岩东壁上，他留下了"转运判官周敦颐茂叔熙宁二年三月七日游。军事推官谭允、高要市尉曾绪同至"的题字。那一笔一画，承载着他对这片山水的热爱，见证了他与友人同游的美好时光。这些题刻，如历史的印记，见证着他的足迹。

周敦颐在广东的岁月，以自身的品德和行为，为社会树立了榜样。他清正廉洁、公正无私，让广东的社会风气变得更加和谐、有序；让诚实守信、尊老爱幼、互帮互助成为主流价值观，为这片土地注入了温暖的力量。他重视教育，倡导兴办学校，为广东培养了无数德才兼备的人才。他的教育理念，如明灯照亮学子们前行的道路。

他对莲花的赞美，影响着一代又一代的文人墨客，让莲花的高洁成为人们心中的追求，激励着人们追求真理、坚守正义。他的理学思想，如智慧的种子，播撒在岭南大地，与当地文化相互融合，绽放出独特的光彩，为广东的发展做出了不可磨灭的贡献。

周敦颐先生的足迹，如同点点繁星，点缀在广东的大地上，散发着永恒的光芒。

平凡的世界，感生命的伟大

　　路遥用生命创作的百万字长篇小说《平凡的世界》，用文字铸就了一座精神的丰碑，让我看到了普通人的伟大与尊严。他的作品如同一束光，照亮了无数人前行的道路，激励着每一个有志青年为梦想而拼搏，在文学的星空中熠熠生辉。

　　当我轻轻合上《平凡的世界》，心中仿佛有千言万语在翻涌，小说一个个鲜活的人物形象、一段段跌宕起伏的人生历程，如同电影般在我的脑海中不断回放。《平凡的世界》就像一把钥匙，开启了文学星空一扇神秘之门，让我在平凡的世界中，感悟到了伟大的力量。

　　路遥，出生于贫困的农民家庭，黄土高原赋予了他坚韧的性格和对生命深刻的思考。他从小就饱尝生活的艰辛，贫困如影随形。然而，在艰难的岁月里，他的心始终怀揣着对文学的热爱与追求。这份热爱，如同燃烧的火焰，在他的心中越烧越旺，即使面临重重困难，也从未熄灭。

　　在文学领域，路遥一直努力和坚持。在创作《平凡的世界》的过程中，他更是历经多年，克服了无数的艰难险阻。为了写作，他把自己关在简陋的屋子里，日夜不停地写，忘却了时间的流逝，忘却了身体的疲惫。他投入了巨大的心血，只为了将那个平凡而又真实的世界展现在世人面前。终于，《平凡的世界》震撼了中国文坛，获得茅盾文学奖。

《平凡的世界》以中国 20 世纪 70 年代中期到 80 年代中期十年间为背景，以孙少安和孙少平两兄弟为中心，通过复杂的矛盾纠葛，刻画了那个年代社会各阶层众多普通人的形象。他们的劳动与爱情、挫折与追求、痛苦与欢乐、日常生活与纷繁社会冲突交织在一起，深刻地展示了普通人在大时代历史进程中所走过的艰难曲折的道路。

在这个平凡的世界里，我看到了奋斗与坚持的力量。孙少安，这位朴实坚毅的农民，出身贫寒却凭借着勤劳和智慧，不屈不挠地努力着。创业过程中，他遭遇了砖窑倒闭等重重挫折，但他从未放弃，始终坚信通过自己的努力能够改变命运。最终，他成功带领家人过上了好日子，成为村里的"冒尖户"。孙少平同样不甘于平凡，怀揣着对外面世界的向往和对理想的追求，毅然踏上外出闯荡的道路。他在城市中做着最辛苦的体力活，却始终坚持读书学习，不断提升自己。尽管生活磨难不断，他却始终没有放弃自己的信念，在艰苦的环境中坚守着自己的精神追求。正如路遥所说："人生就是永不休止的奋斗！只有选定目标并在奋斗中感到自己的努力没有虚掷，这样的生活才是充实的，精神也会永远年轻。"他们的故事让我明白，人生的道路从来都不是一帆风顺的，困难和挫折如同路上的荆棘，但只要我们有坚定的信念，勇于奋斗，坚持不懈地朝着目标前进，就一定能够克服困难，实现自己的人生价值。

苦难与挫折也是这个平凡世界的常态。路遥的一生就充满了苦难，贫困的生活、情感的挫折、创作的艰辛以及身体的病痛，这些苦难一直伴随他。而在《平凡的世界》中，每个角色也都经历着不同程度的苦难。孙少安面临资金短缺、技术难题等创业困难；孙少平遭遇搬砖、生活贫困、爱情挫折；田润叶的爱情之路充满坎坷；郝红梅经历生活贫困和婚姻不幸。然而，他们在苦难面前并没有屈服，而是以各自不同的方式与苦难抗争。"命运总是不如人愿。但往往是在无数的痛苦中，在重重的矛盾和艰辛中，才使人成熟起来。"这些人物的经历让我懂得，苦难并不可怕，可怕的是失去与苦难抗争的勇气。我们不能逃避苦难，而应勇敢地迎接它，把苦难当作人生的磨砺。通过与苦难抗争，我们能够锻炼自己的意志，提升自己的能力，从而变得更加坚强。

爱情，在这个平凡的世界里既美好又无奈。孙少安与田润叶青梅竹马，彼此相爱，却因家庭背景和社会地位的差距无法走到一起。孙少安为了家庭责任，选择了与贺秀莲结婚。孙少平与田晓霞的爱情虽然美好，但也面临着现实的考验。田晓霞是高干子弟，孙少平只是普通煤矿工人，他们之间的差距显而易见。最终，田晓霞在抗洪抢险中牺牲，他们的爱情以悲剧收场。"真正的爱情不是利己的，而应该是利他的。"爱情是美好的，但在现实生活中，爱情往往会受到各种因素的影响和制约。我们不能仅仅沉浸在爱情的浪漫幻想中，而要理性地看待爱情与现实的关系。在面对爱情时，我们要学会在理想与现实之间寻找平衡，既要珍惜爱情的美好，也要考虑现实的因素。同时，我们也要明白，爱情不是人生的全部，即使爱情遭遇挫折，我们也要勇敢地面对生活，继续前行。

人生充满了各种选择，而每个选择都可能决定着我们未来的人生方向。孙少安在继续读书还是回家务农之间选择了后者，为了家庭责任放弃了自己的学业。孙少平不顾家人反对，勇敢地选择去外面的世界追寻梦想。田润叶在爱情和家庭的压力下陷入痛苦挣扎，但最终还是做出了自己的选择。"人生的道路虽然漫长，但紧要处常常只有几步，特别是当人年轻的时候。"我们在人生的道路上也会面临各种选择，这些选择需要我们充分考虑自己的兴趣、能力和价值观，同时也要考虑现实情况。

但无论做出怎样的选择，我们都要对自己的选择负责，勇敢地承担起选择带来的后果。不能因为害怕选择而犹豫不决，有时候，勇敢地迈出第一步，也许就会迎来不一样的人生。

在这个平凡的世界里，人性的善良与美好是最宝贵的财富。孙玉厚是一个典型的善良农民形象，他勤劳、朴实、宽厚，虽然生活贫困，但始终保持着一颗善良的心。他尽心尽力地照顾家人，帮助邻居，对生活充满感恩。孙少平在经历许多苦难后，依然保持着对他人的善良和同情。他在揽工期间主动帮助年老体弱的工友，在煤矿工作时不顾危险去救同事。田晓霞也是一个善良、勇敢的女孩，她关心弱势群体，积极参与社会公益活动，为救落水儿童献出了自己年轻的生命。"只要有人的地方，世界就不会是冰冷的！我们可以平凡，但绝对不可以平庸！"他们的善良如同冬日里的暖阳，温暖着人们的心灵。人性中的善良与美好能够带给我们温暖、快乐和力量。无论生活多么艰难，我们都不能失去善良的本性，要学会用善良去对待他人，关心和帮助那些需要帮助的人。相信善良的力量是无穷的，它能够感染他人，传递正能量，让这个世界变得更加美好。

《平凡的世界》让我深刻理解了平凡与伟大的关系。路遥自己就是从平凡中走出来的作家，他出生在平凡的家庭，过着平凡的生活，但却通过自己的努力和创作，在文学领域取得了伟大的成就。《平凡的世界》中的人物大多是平凡的普通人，他们生活在社会底层，从事着平凡的工作。但他们在平凡的生活中，展现出了不平凡的品质和精神。孙少安通过自己的努力改变了家庭贫困面貌，为家乡发展做出贡献；孙少平在艰苦环境中坚持追求理想，不断超越自我；田润叶在面对生活挫折时依然保持对生活的热爱和对他人的关心。"其实我们每个人的生活都是一个世界，即使最平凡的人也要为他生活的那个世界而奋斗。"我们大多数人都是平凡的人，过着平凡的生活。但平凡并不意味着平庸，我们都应该在自己平凡的生活中，通过努力和奋斗，创造出属于自己的不平凡。

《平凡的世界》让我更加珍惜现在的生活，也让我有勇气去面对生活中的困难和挑战。在这个平凡的世界里，我们每个人都是主角，我们的奋斗、坚持、善良和选择，都将书写出属于我们自己的不平凡的人生篇章。

长岗坡渡槽礼赞

我看过《红旗渠》，深深为之震撼。听闻，长岗坡渡槽是"广东红旗渠"，是自然与人力共创的奇迹，也是希望与坚韧铸就的不朽象征。我心动了。于是，与家人奔向广东省罗定市罗平镇。一路走来，田园的清新与乡村的宁静相伴，我满心期待着心心念念的风景。

不多时，长岗坡渡槽的身影闯入我的视线。它似一条巨龙蜿蜒于罗平小盆地，它的身躯由 133 个墩基稳稳地扎入大地深处，这些墩基犹如大地之子，以沉默而坚毅的力量，扛起了历史与未来的使命。墩身的石块，虽历经风雨侵蚀，却依然紧密相连。132 个跨拱则像是苍穹赋予的优美弧线，流畅而舒展，它们共同撑起了这输水的"天桥"。阳光洒下，渡槽的拱影在大地上交错纵横，似一幅水墨画，展现出一种古朴而大气的美感。其规模之宏大，设计之精妙，无不令人叹为观止。据说，最大跨度达 51 米，最大高度 37 米，即便岁月流转，它依旧傲然挺立，见证着时光的变迁，守护着这片土地的安宁与富饶。

回溯往昔，罗定曾饱受干旱之苦。两山夹持之间，水源分布不均，"山下河水白白流，山上用水贵如油。"旱涝灾害如同恶魔的利爪，频繁地撕裂着这片土地的安宁。但罗定人民并未在困境中沉沦。1976 年 11 月，在物资匮乏、技术落后的艰难处境下，长岗坡渡槽工程拉开帷幕。四个人民公社的民兵们挺身而出，他们以最质朴的工具，钢钎、铁锤和人力车，开启了一场与命运的顽强抗争。在坚硬的岩石面前，他们挥舞着钢钎，每一锤落下，都伴随着汗水与希望。钢钎弯折，双手满是血泡与老茧，他们却未曾停歇；陡峭的山坡上，人力车艰难前行，推车的人们咬紧牙关，拼尽全身力气，哪怕车毁人伤的危险如影随形，也阻挡不了他们前进的步伐。高空浇筑混凝土时，他们凭借着坚强的双肩，一担一担地将混凝土沿着摇摇晃晃的排栅挑向高空。连25米高的槽墩，也是他们用肩膀扛起百多公斤的石块，一块一块堆砌而成。历经4年零2个月的艰苦奋战，1981年1月，长岗坡渡槽终于竣工通水，为这片土地带来了重生的希望。

我们来到金银湖水库。长岗坡渡槽每年将泷江上游罗镜、太平两河道近4亿立方米的河水，精准地引入金银河水库的怀抱。二者恰似天作之合，彼此相依相伴。

我眼前的湖水清澈如镜，倒映着天空的湛蓝与周围山峦的翠绿。微风轻拂，湖面泛起层层涟漪，波光粼粼，似繁星闪烁。湖中的十二座小岛，如十二颗绿色的宝石，点缀在这片湛蓝之中，岛上植被繁茂，与湖水相互映衬，构成了一幅美丽的山水画。而金银湖水库所营造的良好生态环境，又似一把保护伞，为长岗坡渡槽周边披上了一层翠绿的盛装，使其植被更加郁郁葱葱。

金银湖水库在长岗坡渡槽周边的生态中有着不可替代的作用。其涵养水源功能显著，雨季时大量蓄水，旱季时稳定供水，确保渡槽能将水顺利引向农田，滋养土地孕育丰收。因水库滋养，渡槽周边植被愈发茂密，形成良好生态循环。水库对气候的调节也颇为关键，夏季吸收热量降低周边温度，冬季释放热量缓和寒冷，水汽蒸发还能增加空气湿度、促进降雨，让渡槽周边气候宜人。在减少水土流失方面，水库功不可没。它为周边植被提供充足水源，使植被根系发达，深深扎根土壤，有效固定泥土，保障渡槽根基稳固，输水顺畅，土地也得以长久肥沃。

在生态文明建设的蓝图里，长岗坡渡槽与金银湖水库携手共进，共同描绘出一幅美丽的画卷。渡槽周边丰富的植被，有效地保持了水土、净化了空气、美化了环境，为村民们营造了一个清新宜人的生活空间。而金银湖水库则如大地之肺，涵养水源，调节气候，减少水土流失，让人与自然在这里和谐共生，奏响了一曲生态文明的赞歌。

在乡村振兴的伟大征程中，长岗坡渡槽扮演着举足轻重的角色。在水利灌溉领域，它是罗定盆地的生命之源，润泽着周边8.14万亩农田，彻底终结了罗定"十年九旱"的历史，让这片土地变成了旱涝保收的粮仓。罗定也因此多次荣获"全国粮食生产先进县"称号，当地的特色农产品如"亚灿米""聚龙米""青洲米"等，在渡槽的呵护下茁壮成长，不仅丰富了人们的餐桌，也让农民的钱袋子满满当当，推动了农业现代化的步伐。

在产业兴旺的浪潮中，长岗坡渡槽是一颗耀眼的明星。它带动了特色农业的蓬勃发展，农产品产量与质量大幅提升，为农业产业升级注入了强大动力。同时，它的雄伟壮观的风姿以及深厚的历史底蕴，吸引了无数游客慕名而来，成了远近闻名的旅游胜地，并入选秋分节气全国生态文旅品牌名录。游客们在这里驻足惊叹，拍照留念，流连忘返。旅游热潮的兴起，如春风化雨，带动了周边餐饮、住宿、购物等相关产业的繁荣发展，拓宽了农民的增收渠道，为乡村经济发展注入了新的活力。

长岗坡渡槽是一座伟大的水利工程，给罗定带来了生机与繁荣；也是一座精神的丰碑，成为镌刻在人们心中的精神图腾，源源不断地传递着力量与信念。它承载着罗定人民"为民、担当、实干"的伟大精神。当地以渡槽为依托建立的党员教育基地，吸引着广大党员干部和群众前来汲取力量，传承和弘扬这种精神，凝聚起乡村发展的强大合力，促进了乡风文明建设。香港警察刘泽基及其团队也曾慕名而至，他们被长岗坡渡槽的雄伟气势和建设历程深深震撼，刘泽基在社交平台上积极宣传，呼吁更多人了解长岗坡渡槽，感受先辈们的伟大功绩，其团队也表达了为乡村振兴贡献力量的强烈愿望。

　　此次罗平镇之行，对我来说，是一次心灵的深度洗礼，不虚此行。我相信，在长岗坡渡槽精神的引领下，罗定的乡村必将如春日繁花，绽放出更加绚烂的光彩，书写出更加辉煌的篇章，向着更加美好的明天奋勇前行，让这一伟大的精神在岁月的长河中永远熠熠生辉。

元宵节喜逢年例

农历正月十五，元宵节，这一中华民族的传统佳节，总是满溢着团圆与喜庆。而年例，则是粤西独有的民俗庆典，各地年例时间不同，像是散落在岁月里的独特符号，静静等待人们去发现其中的奇妙。

今年，婆家的年例与元宵节恰逢同日，这是生活赐予的一份额外惊喜，将双倍的欢乐洒落在这片土地。在粤西，年例地位极高，有"年例大过年"之说。每到年例，在外的游子们纷纷归乡，外嫁的女儿偕同夫婿子女回娘家，年轻人也带着好友回家，一同参与"吃年例"，共赏游神、舞狮的盛景。一时间，村庄里人来人往，欢声笑语不断，热闹非凡。

我一家和丈夫的二哥都居住在城里，公公婆婆离世后，老家的祭祀活动便由大哥大嫂操持。此次元宵与年例重合，自然是回大哥家。大嫂家亲戚齐聚，屋内熙熙攘攘，几张圆桌才得以容纳众人。二哥二嫂看着热闹景象，眼中满是羡慕，二哥忍不住叹道："要是玲姐一家也能来就好了。"玲姐是丈夫的大姐，一直对弟弟们关爱有加。临近年关，玲姐养了些鸡，还叫弟弟们去抓她家的鸡，特意叮嘱留作过年和年例拜神之用。不巧的是，她夫家年例也在元宵节这天，无法回娘家。众人心中不免有些遗憾。

天还未亮，大哥大嫂就忙碌起来。杀好的鸡摆放整齐，拜神的物品一样不少，只等我们回去一同前往祠堂。此时，村里祠堂那边鞭炮声已响个不停，像是在欢快地宣告节日的到来；锣鼓声震天动地，激昂的节奏直扣人心弦，令人兴奋不已；狮子班的演员们精神饱满，在戏楼前尽情舞动，他们身手矫健，动作刚劲有力又不失灵活，每一次跳跃、旋转都赢得阵阵喝彩，将节日氛围推向高潮。

游神仪式正式拉开帷幕，威风凛凛的狮子昂首阔步，走在队伍最前列。家家户户门前都悬挂着红包、蒜和橘子，静候狮子前来"采青"。狮子时而高高跃起，似欲冲破云霄；时而翻滚扑腾，灵动异常，轻巧地将这些寓意吉祥的物品一一叼走，仿佛为其赋予了满满的祥瑞与福气，庇佑着这一方水土的安宁与繁荣。其后，人们心怀敬畏，虔诚地抬着各路神仙的神像依次缓缓前行。红脸长须、身披金甲的关公神像威风凛凛，手中青龙偃月刀似仍有往昔英雄之气，村民们深信其能护佑家宅平安、财运亨通。温柔慈祥的妈祖神像，身着华服，头戴凤冠，眼神满是慈爱。渔民们对其格外敬重，游神时纷纷拜倒，口中念念有词，祈求出海顺遂，风平浪静，鱼虾满仓。

祠堂的供桌上，一头大肥猪卧于中央，猪头装饰精美，寓意生活富足；糯米做的大发糕松软可口，象征着日子蒸蒸日上。大嫂手持香烛，面容严肃，先向天地神明鞠躬行礼，轻声说着新年祝福的话语，而后依长幼顺序，带领一家人向神仙敬拜。每个动作、每句祷告都饱含着对美好生活的向往与敬畏。

说到年例习俗，"摆醮"很是有趣。村子广场上，早已搭好精美的棚子，棚内摆满供品。色彩斑斓的纸扎工艺品引人注目，还有用水果精心堆成的各种造型，苹果、橘子、香蕉巧妙组合，或似繁花盛开，或如凤凰展翅。村民们围在四周，孩子们好奇地看着大人们布置，眼中满是惊叹。

"飘色"更是年例的重头戏。一个个可爱的孩子精心装扮后，站在高高的支架上，摆出神话传说或历史故事中的造型。像"嫦娥奔月"里的小女孩，身着白色纱衣，手持玉兔，身姿婀娜；"哪吒闹海"中的小哪吒，脚踩风火轮，手持乾坤圈，威风凛凛。巡游队伍前行时，孩子们如在空中舞动的精灵，引得众人纷纷驻足观看，不时发出阵阵惊叹声。

村里的青壮年们在节日里都有任务，积极参与游神活动，认真负责。我丈夫每年都不缺席，他身着传统服饰，神情庄重，与乡亲们一同传承这古老民俗文化。

村里的游神结束后，我们回到城里。这时，天色已暗，华灯初上。街头巷尾传来汤圆的叫卖声："卖汤圆咯，卖汤圆咯，小小的汤圆圆又圆。"女儿一听便嚷着要吃汤圆，儿子也说要吃。元宵节吃汤圆，寓意一家人团团圆圆，和和美美，我欣然买了汤圆。回到家，我马上煮汤圆。煮熟后，我舀出汤圆，一人一碗，端上饭桌，一家人围桌而吃汤圆。我咬一口汤圆，软糯香甜在舌尖散开，那股甜蜜的滋味，如心底流淌的幸福暖流，温暖而悠长。儿女们也美滋滋地吃着又白又圆的汤圆，连声说好吃。

在我看来，闹元宵、过年例，不只是享受热闹，也是传承和弘扬中华民族传统文化。在游神、拜神的仪式中，我仿佛看到先辈们的身影，他们用质朴的信仰与方式，将家族情感相连，让民族文化扎根于这片土地。正因如此，我们后人才能在传统中找到心灵寄托，汲取前行力量。愿这份美好，如夜空中的星辰，永远闪耀，代代相传，温暖每一个人的心灵。

命中有你

这几天，一场病痛毫无征兆地袭来，就像一场突如其来的暴风雨，一下子打乱了我平静的生活，也让我不由自主地陷入了对过去的深深回忆。

健康，就像一首动听乐曲里那最淡却又最不能少的音符。平常的日子，它总是默默地在背后，支撑着我们走路、欢笑、发愁。只有当身体不舒服，发出强烈的信号时，我们才会突然意识到，健康是多么的珍贵和难得。

这不，最近我的身体好像跟我闹起了别扭。腰突然疼得厉害，就像有个调皮的小鬼在里面捣乱，那疼痛还一个劲地往屁股和腿上窜，我每走一步，都感觉像是踩在尖尖的石头上，难受极了。我本来以为是以前得过的肾结石又犯了，可到医院一检查，竟然是坐骨神经痛和腰椎间盘突出。这真让我措手不及，没办法，只好又走进了消毒水味儿浓浓的医院。

提起以前肾结石住院的事，现在想起来还觉得害怕。那是个深夜，肚子突然像被一只大手狠狠地捏住，一阵一阵地绞痛，那感觉就像汹涌的海浪不停地拍打在沙滩上，疼得我差点喘不过气来。我赶紧跑去医院急诊，打上点滴后，疼痛才稍微缓和了一点。可谁知道，才过了一两天，那剧痛又像疯了一样跑回来。我躺在床上，疼得直打滚，汗水把衣服都湿透了，好像身体的每一个细胞都在大声喊疼。没办法，只能住院治疗。

做完 B 超，看到结果的时候，我的心凉了半截。双侧肾脏都有结石，左边的结石小小的，像一颗安静的小石子，还没怎么捣乱；右边的结石可就大了，就像一颗藏在身体里的"定时炸弹"，不知道什么时候就会爆炸，带来一阵剧痛。医生给我开了药水打点滴，可那结石顽固得很，一点都没有要出来的意思，疼痛也一直缠着我不放。

科主任是一位看起来很和蔼的老医生，他笑着跟我讲治疗方案：先给右肾做个微创手术，把结石打碎，等身体好了，再处理左肾的问题。我当时就想着快点把这疼痛赶走，想都没想就答应了。

禁食了几个小时，手术前的准备都做好了。我心里还抱着一丝希望，问护士："做完手术是不是就能回家了？"护士摇摇头说："不行，得住院几天呢！"我的心一下子就沉了下去。

这时候，我满脑子都是家里那些花花草草。那些花啊，就像我生活里的小宝贝，我每天都会细心地照顾它们。有一次，我出去旅游，特意拜托邻居帮忙浇水，可回来的时候，发现我最爱的君子兰因为水浇多了，根都快烂了。我急得像热锅上的蚂蚁，到处找养花的书来看，小心翼翼地把它从花盆里挖出来，剪掉烂掉的根，又重新配了土。照顾了好多天，它才慢慢好起来。还有那株茉莉，为了让它开得又多又香，我专门去学怎么修剪枝叶，还到处找合适的肥料。我经常把鸡蛋壳、鱼内脏收集起来，做成肥料给它施。茉莉开花的时候，一朵朵小白花像天上的星星，又香又漂亮，看着它们，我所有的烦恼都没了。

现在我躺在病床上，好像看到那些花因为没人照顾，慢慢地枯萎了，它们的叶子一点点变黄，花朵也失去了生机。都说养花的人很难出远门，现在我被困在病床上，感觉就像要失去这些好朋友一样，心里特别难受。对我来说，这些花草可不是普通的植物，它们就像我的伙伴，一直陪着我，我怎么能眼睁睁地看着它们没人管呢？

也许是命运可怜我吧，我的主治医生是个年轻又认真的小伙子。他和我丈夫一起仔细看了 B 超的片子，然后告诉我：结石已经掉到尿道口了，很有可能自己排出来，不用手术了。听到这个消息，我高兴得差点跳起来，这可真是太好了！

我吃了一片药，神奇的事情发生了。一瓶药水还没打完，疼痛就慢慢地减轻了，就像乌云散去，阳光重新照了进来，我的心情也跟着好了起来。

住院的时候，我还遇到了一些让我很难忘的人和事。病房里有个特别乐观的病友，他总是讲笑话逗大家开心。他病得很重，每天都要做很多痛苦的治疗，可他脸上一点抱怨都没有。他跟我们讲他以前做生意失败的经历，说那时候赔得一无所有，但是他没有放弃，咬牙坚持过来了。所以现在面对病痛，他也一点都不害怕。听了他的故事，我心里很受触动，也明白了不管遇到什么困难，都要乐观一点，积极面对。还有那些护士们，她们特别细心。有一次我疼得睡不着觉，值班护士发现了，就把病房的灯调暗了，还拿来一个热乎乎的热敷袋，轻轻地放在我的腰上。那热乎乎的感觉，让我的疼痛减轻了不少，也让我在这个陌生又冰冷的病房里，感受到了温暖和关怀。

回到家后，我轻轻地摸着胸口，心里暗暗庆幸。曾在病痛的深渊里挣扎，以为手术是唯一的救赎，却在命运的巧妙安排下峰回路转。这是身体的一次侥幸逃脱，也是心灵的一场深刻觉醒。省却的手术费与可能的身体创伤固然值得庆幸，然而更珍贵的，是那隐藏在背后的启示。

命运，这个神秘而莫测的舵手，似乎总在不经意间转动生命的罗盘。但此刻我幡然醒悟，我们并非命运之舟上被动的乘客。就如同那些在病榻上依然绽放的乐观笑容，那些在痛苦中坚守希望的灵魂，他们用行动证明，个人的意志与信念，是能够与命运的洪流抗衡的力量。而那些陪伴我度过平淡时光的花草，它们不只是生活的点缀，更是命运给予的温柔提醒：在生命的旅途中，无论风雨如何肆虐，总有一些美好值得我们用心守护，总有一份热爱能让我们在黑暗中找到前行的方向。

"我相信命中有你，我相信冥冥之中自有安排；我相信命中有你，时光不老情永在……"我轻声哼唱着这首歌，心中满是敬畏与释然。

此次生病的经历，让我明白生命虽似在冥冥中有所定数，但个人的态度与选择也如船桨，可在命运的河流中奋力划动，改变航向。正如那些花草，是命运的馈赠，也是我在生命之旅中主动追寻与珍视美好的象征。它们仿佛我，无论命运如何变幻，以乐观之心、热爱之情拥抱生活，方能在生命的画卷上绘出浓墨重彩的一笔，使生命的轨迹绽放独特的光芒。

"04 床陈小江，是你吗？"一个护士推来装着药水的小车来到我的床位，把我从往事中拉回现实。我对她说"是的"。她给我打点滴，药水缓缓地流进我的身体，我似乎不像刚开始那么害怕、疼痛了。命运既然又一次考验我，那我就坦然面对。

第四辑

卷帷览胜

踏入《鹭舞红树林》的世界，我像被轻柔的海风引领，步入了一片
生机盎然的滨海奇境。那片红树林，如大地向海洋延展的葱郁裙摆，在
海风中摇曳生姿，似在低诉着古老而神秘的生态密语；白鹭在这片绿色
的舞台上翩跹穿梭，它们的身姿与红树林相互映衬。这部小说，除了勾
勒出一幅绚丽多彩的红树林生态画卷，还在字里行间有力地诠释了"保
护生态就是保护人类自己；破坏生态就是破坏人类的生态环境"的理念，
振聋发聩，引人深思。

这部长篇小说由知名作家陈华清创作。

她身兼中国作协会员、中国林业生态作协会员等多重身份，其在文
学创作之路上的深厚积淀与独特视角，在《鹭舞红树林》中展露无遗。
这部作品斩获诸多殊荣，入选"2023 年度中国生态小说榜单"，荣获
第十一届"上海好童书"称号，将全国城市出版社图书奖二等奖收入囊
中，跻身 2023 年深圳出版社"十大好书"之列，还曾在当当网好评榜
独占鳌头。《南方》杂志"文艺会客厅"更是围绕该书与陈华清展开深
度访谈，探寻其深受欢迎的奥秘所在。

阅读此书，我紧紧跟随着初次回白鹭岛的少年陈涛涛的目光，与他

携手同行，一同走进了充满传奇的红树林天地，亲身体验着陈家祖孙三代对红树林、对白鹭、对那一方生态的炽热深情与坚定守护。

陈涛涛的成长历程是对"保护生态就是保护人类自己"之生态理念的有力诠释。他曾是对红树林保护懵懂无知的少年，在亲身经历了红树林所面临的威胁以及保护红树林的艰辛与意义后，逐渐成长为一名坚定的环保小卫士。他的每一次成长与转变，都伴随着对生态保护理念的深刻领悟。当他看到红树林被破坏时的痛心疾首，以及在参与保护行动中的勇敢与执着，都反映出他内心深处对这一理念的认同与践行。他的成长故事如同一面旗帜，引领广大青少年读者去理解和接受生态保护的重要性，激励他们在现实生活中积极投身于生态保护事业。因为他们懂得了，自己的行动关乎自然生态的命运，也与人类自身的未来息息相关。

在这部作品中，保护红树林的曲折历程如同一部波澜壮阔的史诗。书中所展现的陈、巫两家与红树林的纠葛故事，更是从人类社会与生态环境相互交织的复杂视角，深刻地剖析了生态保护理念的内涵。曾几何时，利益的诱惑如鬼魅般蛊惑着部分人的心智，他们将贪婪的目光无情地投向了红树林，妄图通过非法砍伐红树林以换取木材交易的暴利，或是围海造田来扩张耕地面积，满足一时的私欲。这种短视的行为，是生态的浩劫，给红树林生态系统带来了近乎毁灭性的打击。

我在阅读这些情节时，心中满是愤懑与惋惜，仿佛看到了那些美丽的红树林在电锯声中瑟瑟发抖，在推土机的轰鸣声中痛苦呻吟。随着红树林的日渐凋零，周边海域的生态平衡被彻底打破，水质变得浑浊不堪，渔业资源如无源之水般日益枯竭，沿海地区的生态环境也变得脆弱如纸。陈、巫两家所在的海岛，曾经那繁荣昌盛的渔业盛景渐渐消逝，海滩在海浪的无情侵蚀下千疮百孔，原本如世外桃源般美丽宜居的家园，也失去了往日的欢声笑语与生机活力，徒留一片荒芜与衰败的凄凉景象。这一系列触目惊心的变化，让人们如梦初醒般认识到，破坏红树林这一生态环境的愚蠢行为，实则是在自掘坟墓，亲手摧毁自己的家园，严重损害人类自己的长远利益。

值得庆幸的是，当人们在痛苦与迷茫中终于觉醒，踏上了保护红树林的艰辛征程。

他们积极采取各种保护措施，如建立防护堤以抵御海浪对红树林根部的冲击，实施定期巡逻制度防止偷伐者和非法捕捞者的侵害，开展生态修复工作精心培育红树苗并在受损区域重新栽种等。这些行动不仅使红树林逐渐恢复生机，也让海岛的生态环境开始好转，为海岛带来了新的经济发展机遇。这一转变生动地表明，保护红树林这一生态环境的举措，就是在为人类自己创造更好的生存条件，恢复被破坏的生态平衡，实际上就是在重建人类与自然和谐共生的美好家园。

在乡村振兴的时代浪潮中，如何巧妙地实现保护红树林与发展经济的双赢，是这部作品精心抛出的深刻命题。书中所给出了思考与探索。在这部作品的独特视角下，红树林已不再仅仅是一片自然的景观，它如绿色的引擎，为海岛的发展注入了源源不断的活力。生态旅游的蓬勃兴起，让远方的游客如候鸟般纷至沓来，他们沉醉于红树林的壮美景色与白鹭的优雅身姿之中，同时也为海岛带来了生机与活力。我仿佛能看到游客们漫步在红树林的栈道上，脸上洋溢着惊叹与喜悦的神情，他们的欢声笑语回荡在这片绿色的天地间。红树林下的特色养殖，更是一种独具匠心的创新实践，既充分挖掘了这片独特生态资源的潜力，又巧妙地避免了对环境的破坏。这一切的美好景象，都在向我们娓娓诉说着一个颠扑不破的真理：绿水青山就是金山银山。当我们怀着敬畏之心，用心守护这片生态净土时，它必将以最丰厚的馈赠回报我们。

《鹭舞红树林》如同一颗蕴含着生命力的种子，在我的心田生根发芽。它将海洋文化、地方民俗与红树林精神完美融合。那一个个关于红树林的古老传说，如同一串串神秘的风铃，在海风的吹拂下，传颂着先辈们对自然的敬重；一场场热闹非凡的民俗活动，恍如一幅幅绚丽的画卷，在欢笑与歌舞中，展现着海岛人与红树林的不解情缘。它在青少年的心中，深深地种下了保护红树林、热爱自然生态的希望之种。我仿佛看到，在未来的日子里，无数个像陈涛涛一样充满热血与激情的少年，在这本书的启迪与鼓舞下，满怀豪情地走向那片红树林，用他们稚嫩的双手，去续写这片生态的壮丽传奇，让红树林的故事在岁月的长河中永远流传。

合上书本，我的心依然沉浸在那片鹭舞红树林的世界里。红树林的绿、白鹭的白、海岛人的笑与泪，都成了我心中永恒的风景。每个人都是生态的守护者，都肩负着让大地青山常在、绿水长流的神圣使命。愿我们都能在《鹭舞红树林》的启示下，将生态保护的理念融入生活的点滴之中，用实际行动为构建人与自然和谐共生的美好家园贡献自己的力量。

江南旧梦，墨韵新章

　　江南，以其独特魅力与深厚底蕴，成为无数人心中的向往之地。作家陈华清因为喜欢江南，多次到江南旅行，并写成旅行散文。她精选其中的散文结集，于是有了《有一种生活叫"江南"》。它带读者深入江南，领略其美丽风光与人文雅韵。

　　作者笔下的杭州西湖春柳，随风轻舞，似在低语着江南的温婉柔情；无锡太湖浩渺烟波，与远山相依，尽显江南山水的大气灵秀。书中对杭州万松书院、南京中山陵、苏州寒山寺与拙政园等人文景观的介绍，巧妙地与自然景致相融合。走进万松书院，仿佛能听到历史的回响，古老建筑与静谧庭院，见证着岁月的变迁与文化的传承；站在中山陵前，敬畏之情油然而生，它承载的历史厚重感令人动容；寒山寺内，钟声悠悠，穿越千年，讲述着尘世悲欢，让人不禁陷入沉思；拙政园里，亭台楼阁、假山水榭布局精巧，一砖一瓦皆彰显江南园林独特的审美意趣与文化内涵。

　　书中对江南历史文化的挖掘深入而细腻。江南的才子佳人故事，如梁山伯与祝英台在书院的爱情传奇，冲破封建枷锁，历经磨难，动人心弦，深刻体现了江南文化对爱情与人性自由的追求与向往。读到此处，我对他们的爱情故事满是感动，也为那个时代的爱情悲剧而感慨。此外，南京作为"六朝古都"的辉煌历史，以及王阳明等名人在江南的足迹与事迹，都为江南文化增添了浓墨重彩的一笔。这些历史元素的融入，使江南形象更加立体饱满，让人若能触摸到其历史脉络，感受岁月沉淀与文化传承的力量，也让人对江南文化的多元性与丰富性有了更深层次的理解与感悟。

风土人情的展现是本书的一大亮点。江南传统习俗，无论是节日庆典还是婚丧嫁娶，皆仪式讲究，饱含江南人民对生活的热爱、对祖先的崇敬和对未来的祈愿，代代相传，构成江南文化不可或缺的部分。书中描绘春节时江南古镇张灯结彩、舞龙舞狮的热闹场景，让人如身临其境，感受那浓郁年味；婚礼上的传统仪式，从纳彩到拜堂，尽显江南文化底蕴，也让人看到家族的团圆与幸福传承。江南人的日常生活场景同样令人心驰神往，古镇中人们漫步青石板路，享受午后闲适，街头巷尾手工艺人专注制作精美工艺品，他们对传统技艺的执着与热爱清晰可见，这些场景展现出江南生活的闲适、雅致与宁静，让人不禁心生向往，渴望融入其中，体验那份独特的生活韵味与人文气息。

美食佳肴的分享亦为本书增色不少。杭州龙井虾仁，鲜嫩虾仁与清香龙井茶叶相得益彰，入口爽滑，既有食材原味，又融茶文化高雅韵味；南京盐水鸭，肉质鲜嫩，咸香适中，其独特风味是岁月与技艺的凝练；无锡排骨，色泽红亮，骨酥肉烂且甜而不腻，饱含江南人对美食的热情与匠心。这些美食描写不仅让人垂涎欲滴，更从饮食文化角度展现江南地域特色与生活情趣，让人深刻体会到江南文化在舌尖上的独特表达，也让人意识到江南文化与生活的紧密相连，美食成为传递江南文化的重要载体。

从写作特色来看，作者文学造诣深厚。以《滑落心底的悦耳》为例，描写西子湖鸟鸣时，虽未大量运用比喻，却用简洁文字生动勾勒出鸟鸣声的清脆悦耳以及给作者带来的心灵触动。文中对西湖美景与鸟鸣的描写节奏舒缓，如涓涓细流，细腻刻画每处细节，让读者沉浸江南柔美之中；讲述与鸟儿相遇趣事时节奏明快活泼，使文章充满生机与趣味，避免单调拖沓。

在《寒山寺的钟声》里，作者以寒山寺钟声为线索串联古今历史文化，独具匠心。从张继《枫桥夜泊》说起，讲述寒山寺因诗名扬天下，吸引无数文人墨客前来聆听钟声、抒发情怀。叙述中巧妙穿插自身思考感悟，如对日本游客前来祈福的描写与思考，使文章具思想深度，引发读者思考共鸣，超越单纯游记范畴，上升到文化反思与交流高度。且在描写寒山寺建筑、氛围及敲钟习俗时，语言简洁生动，如"寺院门口古朴典雅，上有'寒捡遗踪'四字。高高的黄褐色围墙把寒山寺与外面的市井隔开，形成两个不同的世界。寺院内幽深庄严，香火缭绕，木鱼声声，钟声阵阵。香客如云，游人如织，摩肩接踵。"短短几句，便将寒山寺独特风貌与热闹景象清晰呈现于读者眼前，让人仿若身临其境，感受其浓厚宗教氛围与文化气息。

与其他描写江南的书籍相较，《有一种生活叫"江南"》有其独特之处。相比专注江南历史考证的学术著作，它的文学性与情感性更胜一筹，以细胞的笔触与丰富的情感描绘江南，使读者在感受文化同时，能深入作者内心世界，产生强烈情感共鸣。相较于单纯江南旅游指南，其文化底蕴更为深厚，不止于景点介绍，而是深入挖掘背后历史、文化、民俗等多方面内涵，让读者阅读后对江南有更全面深刻认识。如描写杭州西湖时，将自然风光与历史传说、文人诗词有机结合，使西湖成为充满故事与情感的文化符号，而非简单地理名词。

《有一种生活叫"江南"》内容丰富，写作特色鲜明。无论是当作旅游散文赏读，还是作为旅游指南，都极具价值。对青少年学生而言，是了解江南文化、感受传统文化魅力的优质窗口，利于拓宽视野、增长知识、培养文学与文化热爱；对有闲情逸致的小资群体，灯下漫读此书，宛如一场心灵之旅，能于繁忙生活中寻得宁静文化栖息地，感受江南诗意优雅，放松身心，陶冶情操。

　　陈华清凭借此书，精心编织出江南的绮丽梦境，让每位读者都能在其中找寻到属于自己的江南印象，深切感受江南文化的独特魅力与多彩风情。它如明亮灯火，照亮江南这片古老土地上的历史、文化、风景与生活，将江南美好传递给更多人，使江南文化在岁月长河中闪耀光芒，长久流淌于人们心间。每一次翻开书页，都似开启一场新的江南之旅，引领我们在墨韵之中不断探寻江南的奥秘，沉醉于江南旧梦，不舍离去。

星芒长照，精神永镌

我最早认识竺可桢，是源于他被选进中学语文教材的《大自然的语言》。从此，我记住了这位气象学家的名字。

近日，我阅读了"中华先锋人物故事汇"之一的《竺可桢——中国气象学之父》，再次"遇见"竺先生。这部纪实文学讲述了竺可桢的一生。从他幼时对天空的好奇，到赴美求学选定气象学专业，再到回国后在多所高校任教、创建气象研究所等，开展台风、季风、气候区划等开创性研究，还担任浙江大学校长等职，为教育科研贡献卓著，直至病逝。它是一本难得的佳作，让我们走进了竺可桢先生的精彩人生，感受到了他的伟大精神。

竺可桢先生的一生，是对科学执着追求的一生。从他儿时对自然现象的好奇与追问，便能看出他对探索未知世界的渴望。"问天"精神贯穿了他的整个人生，无论是面对母亲无法解答的问题，还是在艰苦的学习环境中，他都始终怀揣着对"天"的奥秘的探索之心。他在美国深造期间，专注于气象学的研究，不畏艰难，持之以恒，最终成为我国第一个气象学博士，这种对科学的热爱与执着，令人钦佩不已。正是这种精神，支撑着他在气象学领域不断深耕，为我国气象事业的发展奠定了坚实的基础。

竺可桢先生的爱国情怀更是令人动容。生于清朝末年的他，目睹了国家的衰败与人民的苦难，深知"落后就要挨打"的道理。因此，他刻苦学习，凭借优异的成绩获得了公费留学的机会。学成之后，他毅然拒绝了美国的优越待遇，选择回到祖国，投身于祖国的建设之中。他将自己的所学毫无保留地奉献给了祖国，创建了中国大学第一个地学系和气象学专业，编写了奠基教材，组建了气象研究所，为培养我国的气象人才、推动气象事业的发展付出了巨大的努力。在担任浙江大学校长的13年里，他更是将"求是"精神贯穿于教育教学之中，带领浙大师生在艰难困苦中崛起，使浙江大学成了闻名遐迩的"东方剑桥"，为国家培养了大量优秀的人才，为我国的教育事业做出了不可磨灭的贡献。

他在三尺讲台之上，用生动的讲解，开启了无数年轻学子对气象学的探索之门；用自己的言行举止，言传身教，潜移默化地影响着一代又一代的学子。他期望，这些年轻的学子们，能够在未来的日子里，接过他手中的接力棒，继续为中国的气象学事业拼搏奋进。他的教诲，如同春风化雨，滋润着学子们的心灵，在他们心中播下了科学与爱国的种子，只待岁月的沉淀与磨砺，生根发芽，茁壮成长为参天大树，撑起中国气象学的一片蓝天。

这本书的一大特色就是可读性强且兼具文学性与教育意义。作者陈华清精心选取了竺可桢先生平凡却又闪耀着光芒的故事，以"问天"精神为主线，将这些故事巧妙地串联起来，使得全书条理清晰，层次分明。每章故事篇幅适中，既承前启后，又可独立阅读，非常适合少年儿童阅读。同时，作者注重文本的故事性、文学性和艺术性，通过生动的描写和细腻的刻画，展现了竺可桢先生的科学精神和人格魅力，让读者能够深刻地感受到他的伟大品质，从而激发起我们的科学热情与创新精神，为我们的成长汲取了宝贵的精神力量．

竺可桢先生的事迹对于我们每一个人，尤其是少年儿童来说，都有着深远的教育意义。他的"问天"精神告诉我们，要保持对世界的好奇心，勇于探索未知，不断追求真理；他的爱国情怀则激励着我们，要努力学习，为祖国的繁荣富强贡献自己的力量；他的"求是"精神更是提醒着我们，在学习和生活中，要脚踏实地，实事求是，做一个有担当、有责任感的人。

在阅读的过程中，我们穿越时空的隧道，与竺可桢先生进行了一场心灵的对话。我们看到了他在面对困难时的坚韧不拔，在追求真理时的执着不懈，在奉献社会时的无私无我。这一切如同一面镜子，映照出我们自身的不足与缺陷。同时，也为我们提供了一个清晰而明确的人生榜样。他的先锋精神，如同一把锐利的宝剑，能够斩断我们在成长道路上所遇到的荆棘与坎坷；他的爱国情怀，如同一面飘扬的旗帜，引领着我们在人生的征途中，始终坚守对祖国的忠诚与热爱。当我们在生活中遭遇挫折而心生沮丧之时，竺先生的故事犹如一曲激昂奋进的乐章，激励我们重新振作起来，鼓起勇气继续前行；当我们在学习中遇到难题而想要放弃之时，先生那刻苦钻研的身影仿佛就在眼前浮现，鞭策着我们坚持不懈，努力攻克难关。

知名作家陈华清应约创作的这部《竺可桢——中国气象学之父》（中华先锋人物故事汇），被列入中宣部主题出版重点出版物目录，值得读者好好阅读。希望更多的人读到这本书，从竺可桢先生的故事中汲取力量，在自己的人生道路上不断前行，为实现中华民族伟大复兴而努力奋斗。

情深处，爱与痛的省思

在《爱到卑微处，才是看清自己时》这部情感散文随笔集，作家陈华清以细腻如丝的笔触，写出亲情的醇厚、爱情的缱绻、友情的真挚，让我们真切地领略到在爱的广袤天地里，欢笑与泪水交织，甜蜜与苦涩缠绕，卑微与崇高辉映。那一个个饱含深情的故事，驱散了内心深处被遗忘角落的阴霾，照亮了那些被忽视的情感幽微。

全书分为四辑。第一辑叫"爱到卑微就成了痛"，全部是"谈情说爱"，犹如一把锐利的手术刀，精准地剖析着爱情中卑微与自尊的微妙界限。在《卑微那么近，自尊那么远》里，我们看到那些在爱中倾尽全力的阿莲，如何一步步让自尊在深情的泥沼中沦陷。她怀揣着满心爱意，却在不经意间迷失了自我，卑微的姿态如同在黑暗中独自摇曳的烛火，看似执着，实则脆弱不堪。那字里行间透露出的迷茫与痛苦，似细密的针，一下下扎在读者心头，因为这是无数人在爱情里都可能遭遇的困境。

《爱到深处要松松手》讲述爱情走到十字路口时的艰难抉择，当曾经炽热的感情面临困境，放手并非易事，它需要莫大的勇气和内心的释然，而这背后蕴含的是在爱情中的成长与对人性的深刻洞察。

在当下快节奏且充满诱惑的社会中，爱情似乎变得更加难以捉摸。人们在追求爱情的道路上，常常像迷失在迷宫中的行者，面临着自我价值与爱情付出的艰难抉择，是该毫无保留地投入，还是坚守一份骄傲的孤独？这些文章恰似一盏明灯，虽不能直接指明方向，却促使我们停下匆忙的脚步，去反思自己在爱情中的姿态，思考如何在爱的浪潮中，既勇敢拥抱，又不至于被淹没，从而收获一份健康、平等且持久的爱情。

在第二辑，陈华清全部写自己的母亲，是动人心弦的母爱华章。《聆听脚步声的母亲》，勾勒出一幅怎样刻骨铭心的画面啊！母亲如一尊岁月的雕塑，独坐在二楼沙发上，时光在她周围静静流淌，日复一日，年复一年，她只是默默地聆听着儿女归家的脚步声。那张靠近楼梯口的红木沙发，承载的岂止是母亲的身躯？还有她望眼欲穿的期盼、深沉似海的慈爱。她不顾父亲的异议，执意将沙发换到此处，目的是儿女熟悉的跫音能更清晰地传入耳畔。这个细节，生动地展现了母亲为了能第一时间知晓儿女归来，不惜违背他人意愿，坚定地按照自己内心的渴望去布置家居环境，凸显出母爱的执着与纯粹。每一个夜晚，她在孤寂中守望，电视的光影摇曳在她身旁，却常常在等待中悄然睡去。而当那脚步声如天籁般响起，她瞬间满心欢喜，整衣揉眼的动作一气呵成，甚至按捺不住内心的激动，疾步走向门口迎接儿女。"我们进来了，问一声'妈，您还没睡？'您高兴得手足无措，每一条皱纹都溢满了慈爱。'饿了吧？'您给我们拿水果，递糖果。"有糖尿病的母亲不敢吃甜食，就摆在茶几上专门给儿女吃。等他们坐下来，吃着东西，母亲"就坐在一旁，慈爱地看着"。这是一种何等纯粹、何等无私的爱啊！母亲的幸福简单得如同清晨的露珠，只需儿女的平安归来与短暂相伴。然而，儿女们却常常在尘世的喧嚣与忙碌中，忽略了这份沉甸甸的深情。当母亲拖着病弱之躯，因儿女的晚归而心急如焚，乃至在等待中不慎摔倒受伤，儿女们才如梦初醒，惊觉自己的疏忽与不孝。这些细节，如尖锐的芒刺，深深刺痛着读者的心灵，也促使深刻反思自己与母亲的过往点滴：自己是否也曾在不经意间，让母亲在漫长的等待中独自咀嚼孤独与焦虑？是否在母亲最需要我们的时刻，因那所谓的忙碌而如缥缈的云雾，缺席在她的身旁？

这篇散文绝非仅仅是对一位母亲的缅怀与颂扬，还警示我们珍视与母亲共度的每一寸光阴。通过对母亲日常等待儿女场景的细腻描写，从细微的动作神态到情感的起伏变化，将母亲的爱刻画得入木三分，使读者极易产生共鸣，深刻体会到母爱的平凡而伟大，以及自己在这份爱面前应有的反思与珍惜。

《你的疼惜，树都知道》则别出心裁地从另一个独特视角展现母亲的爱。母亲对玉兰树的爱，如同对待自己的亲生骨肉。她精心呵护玉兰树，浇水施肥，拔草除虫，为其遮风蔽阳，可谓用心良苦。那两棵玉兰树的茁壮成长与兴衰荣枯，紧紧牵扯着母亲情感的琴弦。当台风如恶魔般肆虐，玉兰树惨遭摧残，母亲的心若被利刃割破，疼惜得泪如雨下，却毫不犹豫地选择再次种下玉兰树苗，只因她对玉兰树那矢志不渝的钟情与眷恋。面对偷自家玉兰花而跌伤的男青年，母亲没有半句责备，反而给予帮助；她将掉落的玉兰花轻轻拾起，放入保鲜袋，只为让喜花之人能更长久地欣赏其美丽，也为避免他人因摘花而受伤。母亲的爱，恰似春日暖阳，不仅倾洒于家人，还润泽着身边的一草一木、每一位路人。

《穿过您的指尖，温暖我的心》从母亲编织毛衣这一平凡却充满爱意的生活细节传递母爱。那一根根毛线在母亲手中穿梭，仿佛编织的不是衣物，而是她对孩子的牵挂与关怀。在昏黄的灯光下，母亲熬夜编织的身影，成了母爱的永恒定格。孩子从懵懂无知地享受毛衣带来的温暖，到后来在岁月的沉淀中领悟到那每一针每一线背后深沉的母爱，这一过程深刻地体现了母爱的默默渗透与坚如磐石的坚守。这种爱，不张扬，却如涓涓细流，在生命的长河中缓缓流淌，滋润着孩子的心田。

在这些文章中，陈华清巧妙地融入了自己的情感与深刻反思，使文章不再是单纯对母亲事迹的机械叙述，而是一场情感的倾诉盛宴，一次心灵的救赎之旅。

第三辑"当长发飘飘成往事"，如一首对往昔情感与时光的深情挽歌。在《给逝去的爱留一点暖色的回忆》里，作者像是在时光的废墟中努力挖掘，试图从一段已经消逝的爱情灰烬中找寻曾经的美好火花。那是回忆起初次相遇时的心动瞬间，或是相处过程中的温馨片刻，通过文字赋予那段逝去的感情一抹温暖的色调，让自己和读者都能明白，即使爱情已逝，但那些美好的回忆依然值得珍藏，而不应被痛苦与遗憾所淹没。如《无法偿还一季的深情厚谊》是对一段如繁花盛开却又匆匆凋零的深厚友情的沉痛缅怀。曾经与挚友共度的美好时光，如同春天里最绚烂的季节，充满了欢笑、信任与陪伴。字里行间，能感受到作者对那份友情的珍视与失去后的怅惘，也让我们不禁反思自己在友情中的付出与收获，以及如何更好地珍惜身边的朋友。

第四辑"愿你的爱恰到好处"，侧重于对爱的理性思考与深刻感悟。《把爱情当点心，把婚姻当米饭》这一形象的比喻，犹如一把智慧的钥匙，开启了人们对爱情与婚姻关系的全新认知。爱情如同精致的点心，它以甜蜜的滋味和诱人的外形，为生活增添了浪漫与激情的色彩，让我们在平凡的日子里感受到别样的惊喜。而婚姻则像米饭，看似平淡无奇，却是生活的主食，是维持生命与稳定生活的根基。它承载着责任、包容与相互扶持，需要我们用心去经营，才能在日复一日的平淡中品味出其中的醇厚与深沉。《知道我有多爱你》通过细腻的情感剖析，深入探索爱的深度与广度。它让我们思考，在表达爱意时，不应仅仅停留在言语表面，更要通过行动、理解和包容，让对方真切地感受到这份爱如深海般深沉且广阔，从而建立起更加稳固和真挚的情感关系。

　　读罢此书，心中恰似打翻了五味瓶，滋味杂陈。爱，是世间最为复杂微妙又最为纯粹质朴的情感。在爱情的迷沼里，我们会如飞蛾扑火，因爱而迷失自我，陷入卑微的泥淖，但也正是这些刻骨铭心的经历，如砥砺灵魂的磨刀石，促使我们成长蜕变，学会以智慧与理性正确地去爱。而亲情，尤其是母爱，若一座巍峨雄伟的高山，任它风雨如磐，始终屹立不倒，默默守护着我们。它像大地般无私，不求丝毫回报，却常常在我们于尘世中忙碌奔波、心浮气躁时，被我们如遗落的珍宝般忽视。友情则似一缕轻柔的微风，在我们的生命长河中悠悠拂过，带来丝丝慰藉与温暖支持。

　　《爱到卑微处，才是看清自己时》远不止是一本写情感的书，还是一部镌刻着爱的密码的启示录。它如智慧的长者，谆谆教导我们在爱的纷繁迷宫中保持清醒的头脑，珍视每一份真挚纯粹的情感，无论是给予爱人的炽热深情、亲人的血浓于水，还是朋友的肝胆相照。在爱到卑微之境时，不应如沉沦的落日，而应似浴火重生的凤凰，像作者那般，借由文字的力量深刻反思、悉心领悟，从而寻回迷失的自我，以更为健全、积极向上的姿态投身于爱与被爱的循环，书写独属于自己的爱的华彩篇章。

绽放在烽火中的《琼花》

在历史的长河中，抗日战争时期是一段充满血与泪、牺牲与抗争的岁月，它如同一座巍峨丰碑，铭刻着无数中华儿女的英勇事迹。陈华清的长篇小说《琼花》正是以这段历史为背景，生动地刻画了南洋少女梅琼玉回国投身抗战，并在血与火的淬炼中成长为坚毅战士的历程，以及众多女性在抗战浪潮中的觉醒与奋斗，奏响了一曲动人心弦的女性力量与家国情怀的激昂交响。

从情节的深度剖析来看，梅琼玉在南洋得知祖国被日军侵略，想起远在家乡的亲人，她离开视她如珍宝的男朋友，逃婚随"琼崖回乡服务团"回国。作者通过对南洋宁静祥和氛围的精心描绘，椰林摇曳、海风轻拂的画面，与祖国战火纷飞、硝烟弥漫的惨状形成了极为鲜明的对比。这种对比是地域风貌的差异，也是和平与灾难的强烈反差。当她毅然挣脱枷锁，踏上回国抗战之路时，她的每一步都像是踩在时代的鼓点上，坚定而有力，深刻地展现了她投身抗战的坚定决心。

在梅琼玉加入抗日独立队的情节中，作者像是一位技艺高超的导演，将战前准备的紧张氛围渲染得淋漓尽致。简陋的营地中，战士们忙碌地擦拭着武器；简短而有力的交流，或是相互鼓励的话语，或是作战策略的商讨，都如同战场上的冲锋号，简短却能激起斗志。而对战场硝烟弥漫的描写，则将读者瞬间拉到了枪林弹雨之中。刺鼻的硝烟味、震耳欲聋的枪炮声、被炸得千疮百孔的土地，在这样的环境中，梅琼玉的身影显得格外渺小却又无比高大。她从最初的紧张与青涩，逐渐成长为冷静果敢的战士。这些情节个体的战斗经历，也是众多女性在抗战中觉醒与奋进的缩影。

梅琼玉的亲哥哥梅顶峰消极抗战，并且把她关在家里。她从家里逃出来继续抗战，并改名为"琼花"。

除了梅琼花，小说还塑造了春桃、夏荷、秋葵、冬梅等众多女性角色，丰富了这部抗战文学的群像图。作者以多线叙事的手法，巧妙地刻画了她们不同的性格特点与成长轨迹，使女性群像更加立体丰满。她们的故事相互交织，共同推动了家国情怀这一主题的深化，让读者感受到在国家危亡之际，女性不再是柔弱的代名词，而是撑起半边天的中流砥柱。

"琼花"这一意象在小说中巧妙地贯穿始终且与情节人物自然融合。

琼花这种植物，生长在温暖、湿润、阳光充足的环境，稍耐阴，耐寒性较好，对土壤要求不高。开花时，花序呈圆盘状，周边八朵大型不孕花如白玉雕琢的蝴蝶轻盈展翅，又似八位仙子凌波微步，簇拥着中间细碎的可孕花。花瓣洁白无瑕，微微张开，花蕊若隐若现，在绿叶的映衬下，风姿绰约，如冰清玉洁的仙子降临凡间，尽显超凡脱俗之态。它在古代文学作品等诸多文化载体中出现，象征着美丽、高洁等美好品质，也承载了人们对自然之美的赞叹和文化情感。

小说中，梅琼玉改名为琼花，象征着她如琼花般高洁。敌人的威逼如恶狼咆哮，利诱似甜蜜陷阱，但梅琼玉坚守着自己的信仰与底线，坚如磐石，不为所动。正如琼花这种花在恶劣环境中依然保持纯净的姿态。狂风暴雨无法玷污琼花的洁白，同样，敌人的折磨也无法侵蚀梅琼玉的高尚灵魂。

　　琼花"坚韧不拔"的寓意，与小说中女性们在抗战中遭遇重重困难却永不言弃的精神高度契合。在海上封锁线惊险突围的情节里，波涛汹涌的大海如同恶魔的巨口，随时会将一切吞噬。琼花和战友们乘坐的船只在海浪中剧烈摇晃，似乎下一秒就会被掀翻。但她们凭借顽强的意志与卓越的智慧，冷静地应对着危机。有的战士在船舷边奋力排水，有的则在船头观察着敌人的动向，琼花则在关键时刻提出了巧妙的突围方案。她们相互协作，最终冲破敌人的封锁。这种坚韧成为她们在抗战中克敌制胜的关键品质，无论是面对战场上的强敌，还是生活中的艰难困苦，都始终如一地支撑着她们前行。

　　而琼花所象征的"吉祥美好"，始终是女性们心中的信念灯塔。她们为了国家的和平、人民的幸福而战，向着胜利与美好生活迈进的坚实步伐。当看到村庄里的百姓在她们的保护下重新过上安宁的生活，孩子们的欢声笑语在空气中回荡，那便是琼花所象征的吉祥美好在现实中的呈现，使琼花的寓意与小说的情节发展、人物的精神追求紧密相连，成为激励她们不断前行的精神动力。

　　这部小说的独特亮点还在于其浓郁的地域文化特色与抗战主题的精妙融合。以琼崖（今海南岛）、广州湾、南洋等地为背景，作者像是一位神奇的画师，将热带风光、特殊历史文化与抗战故事精心编织在一起。在描写广州湾的情节中，独特的地域建筑、多元的文化习俗成为故事的生动背景。古老的骑楼建筑，斑驳的墙壁见证着岁月的变迁，狭窄的街道里隐藏着无数的故事。在地下情报传递的情节里，借助当地传统的集市场景，熙熙攘攘的人群、特色的方言吆喝、别具一格的建筑布局都为情报传递提供了掩护与契机。集市上，小贩们的叫卖声此起彼伏，人群川流不息，在这看似平常的热闹背后，情报人员巧妙地利用人群的掩护，在某个角落悄然交换着重要信息。而当地民众在这一过程中，为情报人员遮挡视线，或在敌人盘查时巧妙周旋，深刻地反映出当地民众对抗战的支持与参与。

这种地域文化特色不仅丰富了故事内容，更从侧面烘托出女性们在多元文化交融的环境中，如何利用地域优势开展抗战工作。她们熟悉当地的风土人情，能够在复杂的环境中如鱼得水，为女性力量与家国情怀的表达增添了独特的色彩，使《琼花》在众多抗战题材作品中脱颖而出，彰显出其独特的文学价值与历史意义。

《琼花》让我们看到了在那个特殊的历史时期，女性们如何以柔弱之躯扛起抗战的大旗，如何在血与火的洗礼中坚守信仰、追求美好。它时刻提醒着我们，在新时代的浪潮中，依然要传承和弘扬抗战精神，坚守家国情怀，让那一朵朵绽放在烽火中的"琼花"，永远盛开在我们心中，成为我们不断前行的力量源泉。无论是面对生活中的困难挫折，还是国家发展道路上的挑战，我们都应像小说中的女性们一样，坚定信念，勇往直前，为中华民族伟大复兴而不懈努力。

需指出的是，《琼花》出版后好评潮，入选全国农家书屋重点出版物推荐目录、吉林省暑假推荐书目等。这些都名至实归。

青少年成长的精神航路上的路标

在青少年的成长历程中，优秀的文学作品犹如灯塔，指引他们航行，汲取丰富的精神养分，引导他们树立正确的价值观。《跨海巡洋》便是这样一部具有深刻教育意义的文学佳作。它以明朝郑和下西洋这一波澜壮阔的历史画卷为蓝本，为青少年呈上了一份珍贵的精神厚礼，同时也深刻揭示了海洋对国家命运的关键作用。因此，《跨海巡洋》入选了教育部向全国中小学图书（室）推荐书目等。

知名作家陈华清创作的历史长篇小说《跨海巡洋》，是以 15 世纪初的明朝为时代背景。在经历"靖难之役"后政权渐趋稳固，国力日盛。朱棣出于展示大明富强、传播华夏文化以及探寻建文帝下落等多重目的，在当时先进的造船工艺和丰富的天文地理知识支撑下，派遣郑和率领宝船队开启了下西洋的征程。这一伟大壮举，成为人类航海史上的璀璨篇章，标志着大明王朝向未知世界迈出了友好且意义深远的一步。

从历史文化的视角来看，《跨海巡洋》如一座桥梁，将青少年与遥远的明朝航海盛世紧密相连。小说讲述了在 28 年间，郑和统领宝船队七次下西洋，走访了 30 多个国家或地区。其间，他们经历了诸多事件，如在印度洋遭遇海啸，在海上活捉大海盗，怒斩海霸王，收服安南王，大败花面王，和解暹罗王，布施锡兰寺，迫战顽劣王等，出色地完成了使命，传播了中华文明，展示了"和平之师"的风采。

青少年借此可以深入领略中国古代航海技术的卓越非凡，惊叹于祖先在造船工艺、天文航海等方面的智慧结晶。当他们在书中读到那一艘艘巨大无比、构造精巧的宝船在波涛汹涌的大海上破浪前行时，民族自豪感会油然而生。同时，对沿途各国风土人情的描写，极大地拓宽了青少年的文化视野，让他们深切感受到世界文化的多元与奇妙，从而激发他们对历史文化探究的热忱。

在价值观塑造方面，这部小说堪称青少年的良师益友。陈华清成功塑造了郑和这一核心人物形象。他心怀对国家的赤胆忠心，肩负着明成祖朱棣赋予的神圣使命，义无反顾地投身于海洋征程，这是他爱国精神的彰显。正如民族英雄林则徐所说："苟利国家生死以，岂因祸福避趋之。"无论是展示大明富强、传播华夏文化，还是追寻建文帝，郑和都将国家利益置于首位，这种对国家使命的高度忠诚，激励着青少年树立为国家繁荣富强而拼搏的远大志向。同时，郑和在航海过程中，深知海洋对国家主权的重要性，积极维护国家在海洋上的影响力，让青少年明白爱国就是要时刻关注国家发展与利益，培养维护国家主权和尊严的意识。

意志品质的磨砺方面，《跨海巡洋》是一部生动的励志教材。航海之路绝非一帆风顺，其间充满了惊心动魄的挑战与生死攸关的考验。汹涌的海啸犹如恶魔的巨手，妄图将船队吞噬；狡黠的海盗如暗处的毒蛇，不时发起突袭。然而，郑和与他的船员们并未被这些艰险吓倒。郑和展现出的勇敢无畏令人钦佩，在当时极为有限的航海条件下，他毫不畏惧地率领船队驶向未知的茫茫大海，多次穿越印度洋，远达非洲东海岸。海明威说："一个人可以被毁灭，但不能被打败。"郑和勇敢精神鼓励青少年在面对困难和挑战时，要敢于尝试，勇往直前，不被未知的恐惧所阻挡，去探索更广阔的世界。而且，郑和积极开拓进取，其航海活动开辟了新的贸易路线，促进了中外文化交流和经济发展，为国家和世界的进步做出了重要贡献。这教导青少年要有创新意识和勇于开拓的精神，不断追求进步，为个人的成长和社会的发展创造更多的可能性。

从国际视野的拓展维度而言，《跨海巡洋》犹如一幅宏大的世界交往图卷。郑和在与各国交往中，秉持着和平友好的精神，平等对待各国、各民族。他尊重当地的文化、习俗和宗教信仰，没有因自身强大而欺凌弱小，带去中国的特产并传授技术，与各国建立了平等、友好的关系，这是和平交往的典范。他还传播"一视同仁，共享太平之福"的理念，以和平使者的身份促进各国之间的友好合作。这促使青少年将目光投向更广阔的世界舞台，引导他们思考国家之间相互依存、相互促进的关系，让青少年明白在全球化的时代浪潮中，拥有开阔的国际视野和敏锐的全球意识，是成为一名有担当、有作为的时代新人的必备素养。

《跨海巡洋》还深度揭示了海洋对国家命运的关键作用。"海洋关乎国家的财富和安危，国家不能放弃海洋"这一理念贯穿全书。海洋，自古以来便是连接世界各国的巨大纽带，蕴含着财富与机遇。郑和深刻地认识到这一点，率领宝船队开启的下西洋之旅，便是对这一理念的伟大践行。

郑和的船队穿梭于南洋西洋的广袤海域，与众多国家建立起贸易往来。他们带回了异国的奇珍异宝，如香料、珠宝等，这些物资丰富了明朝的国库，彰显了海洋所赋予的巨大经济价值。同时，通过与各国的交流互动，传播了华夏先进的农业、手工业技术，如丝绸纺织、瓷器烧制等，促进了文化与技术的传播融合，提升了明朝在世界范围内的影响力。

在航海过程中，郑和积极探索新的航线与海域，绘制航海图，为后世对海洋地理的认知奠定了基础。他以强大的船队力量，维护着海上的和平秩序，打击海盗势力，保障了商船的安全航行，使得海洋成为各国友好交流的通途而非混乱的战场。他的壮举向世界宣告了明朝对海洋的重视与掌控，让沿海国家认识到一个强大的海洋国家所具备的实力与魅力，为中国在海洋历史上书写了浓墨重彩的一笔，也为后世子孙深刻理解"国家不能放弃海洋"提供了伟大且鲜活的范例。

在当下，海洋资源竞争激烈，海洋权益的维护至关重要。回顾郑和的航海历程，我们能从中汲取智慧与力量，充分挖掘海洋潜力，在全球化的海洋竞争格局中占据有利地位，积极捍卫国家海洋权益，为民族复兴而努力拼搏，续写中华民族与海洋的辉煌篇章。

《跨海巡洋》这部历史小说，是青少年成长的启示录与海洋战略的启示典籍。它以丰富的历史内涵、鲜明的人物形象、跌宕起伏的情节，在历史文化传承、价值观培育、意志品质磨炼、国际视野拓展以及海洋意识觉醒等多方面，为青少年提供了全面而深刻的教育滋养，也为国家在海洋时代的发展提供了深刻的历史借鉴。

教育星光照
亮特殊儿童
的心灵

　　捧起知名作家陈华清写的《走出"孤岛"》，我仿佛走进了一段充满挑战与希望的教育之旅。在这段旅程中，我深刻领略到了其蕴含的深远教育意义，犹如在幽暗中发现了指引方向的星光。

　　《走出"孤岛"》是一部聚焦爱心与成长、艺术疗愈与融合教育的儿童长篇小说。故事围绕患有轻度孤独症的男孩夏多吉展开，他不善与人交往，对他人有排斥心理，在学校成绩不佳且常受欺负，于是将自家楼顶的屋子当作"孤岛"，独自在其中画画玩耍并享受快乐。夏多吉的妈妈深知他的不同，不强求成绩而重视人格培养。借助艺术疗愈手段，夏多吉的绘画天赋得以发掘，在老师和家长的协同努力下，他逐步走出自我封闭的"孤岛"，成长为一个富有爱心的快乐男孩。小说以雷州半岛为背景，深入探讨边缘儿童的生活与教育状况，反映基础教育现状并涉及学校、家庭、社会多方面问题，成功塑造了夏多吉、华汇嘉等一系列鲜活的少儿形象。

　　对于特殊儿童教育而言，这本书无疑是一座宝藏。诺贝尔文学奖得主罗曼·罗兰说："世上只有一种英雄主义，就是在认清生活的真相之后依然热爱生活。"在特殊儿童教育的领域，教育者们就需要这样的"英雄主义"情怀。小说以夏多吉这个患有轻度孤独症的男孩为例，鲜明地展现了关注个体差异的重要性。

在传统教育的浪潮中，众多孩子被同一套标准衡量，而"夏多吉"们则如独特的贝壳，被遗落在沙滩的角落。他在学校遭遇的困境，如成绩不佳、受欺负等，都反映出特殊儿童难以适应常规教育模式的无奈。然而，艺术疗愈宛如神奇的画笔，为他勾勒出一片独特的天空，让他的绘画天赋得以发挥。这启示着教育者们，每个孩子都是一颗独特的星辰，有着别样的光芒。特殊儿童的内心世界，需要我们用更多的耐心与敏锐去探寻，用多元的教育手段去开启。书中讲到的融合教育，让特殊儿童与普通孩子共处同一教育环境，彼此学习、相互影响。普通孩子学会了包容与关爱，特殊儿童则在模仿与互动中逐步成长，这为构建更加人性化、全面化的教育生态提供了生动范例。

从家长的教育观念角度出发，夏多吉妈妈的做法很值得学习。她表示，对儿子"不要求他考试总能拿一百分，但人格要一百分"。这句话敲醒了无数家长过于注重成绩的迷梦。教育学家苏霍姆林斯基说："父母是孩子的第一任老师，父母若放任孩子不管，孩子恶习一旦养成，学校不知要花多少时间和精力来对他进行'再教育'，这对孩子、家庭和学校都是巨大的损失。"在孩子的成长道路上，人格的健全与品德的培养才是坚实的基石。家长们应像夏多吉的妈妈一样，给予孩子无条件的爱与支持，用心去发现孩子的闪光点，无论是微小的进步还是独特的才能，都予以鼓励与呵护。让孩子在充满爱的港湾中，勇敢地探索世界，自信地面对困难，而不是在成绩的重压下，压抑了个性与天赋。

对于学校教育，《走出"孤岛"》恰似一面镜子，映照出诸多值得反思之处。教师的角色在此显得尤为关键，他们是知识的传播者，也应是特殊儿童心灵的守护者。书中的老师与家长携手合作，共同为夏多吉的成长努力，这提醒着现实中的教育工作者们，要具备敏锐的洞察力，及时察觉特殊儿童的需求，并运用专业知识给予恰当的引导。教育方法也应与时俱进，摒弃一刀切的模式，针对特殊儿童的特点制定个性化的教育计划，如灵活运用小组学习促进社交互动，开展个别辅导满足特殊学习需求等，同时加强心理健康教育，助力特殊儿童构建良好的人际关系，提升社会适应能力。

从社会层面思考，《走出"孤岛"》发出了强烈的呼吁。它渴望整个社会能张开温暖的怀抱，接纳特殊儿童群体。自闭症儿童不应被歧视与孤立，他们同样是社会大家庭的一员。"爱人者，人恒爱之；敬人者，人恒敬之。"社会应营造理解、尊重特殊儿童的氛围，整合各方资源，无论是专业机构的介入，还是志愿者的奉献，都为特殊儿童的成长之路铺设坚实的基石，让他们能在社会的关爱中，真正走出心灵的"孤岛"，融入生活的海洋。

《走出"孤岛"》讲述的是不仅一个关于孩子成长的故事，还是一本生动的教育启示录。它为特殊儿童教育、家长观念转变、学校教育改良以及社会包容意识提升等多方面提供了宝贵的借鉴与思考，激励着我们用爱与智慧，为每一个孩子的成长保驾护航，让教育的阳光洒遍每一个角落，驱散心灵的阴霾，孕育希望的花朵。

充满诗意与
哲理的珊瑚
屋世界

　　我最初是从《人民日报》（海外版）读到《珊瑚屋，渔家村寨最美的"花"》，后来在散文集《涛声椰风逐梦来》看到它。陈华清以其敏锐的观察力、细腻的情感和优美的文字，将雷州半岛海边渔家村寨的珊瑚屋之美，缓缓铺展于读者眼前，呈现了一个充满诗意与哲理的珊瑚屋世界。

　　首先进入我视野的是"中国大陆南极村"的盛景。绵延几十公里、面积广袤且种类密集的珊瑚礁国家级保护区，是一片梦幻的海底森林，里面生活着五彩缤纷的活珊瑚。它们死后变成珊瑚石。过去，贫穷的渔民无钱购买建筑材料，就从海边捡珊瑚花（石）回去建房屋。珊瑚花（石）形状各异，色彩缤纷，作者用细腻的笔触描绘出其如莲藕、波纹、菊花般的千姿百态，让人仿佛能触摸到这些珊瑚石的纹理，感受到它们从海底到陆地的奇妙旅程。

　　渔民们凭借着与生俱来的生存智慧与对美的朴素感知，以不同的方式将珊瑚石巧妙组合，砌成屋墙、墙角与围墙。那一条条、一块块珊瑚石的排列组合，犹如一场无声的建筑交响乐，每一个音符都跳动着自然与人工和谐共处的旋律，成就了珊瑚屋这一独具风格的建筑艺术奇葩，彰显出平凡劳动者在生活实践中创造出的伟大美学。

珊瑚墙与英公岸树的相拥相依，是文中一抹动人心弦的风景。它们是岁月长河中彼此守候的伴侣，"英公岸树搂着珊瑚墙，珊瑚墙拥着英公岸树。树中有墙，墙中有树，似是水乳交融的情人。"这样的描写生动而富有诗意，赋予了无生命的建筑与植物以鲜活的情感与灵魂。珊瑚墙体的斑驳见证了时光的流转，英公岸树的苍翠则诉说着生命的坚韧与不息。它们共同抵御风雨，在漫长岁月里站成一道永恒的风景，这是自然景观的呈现，也是对生命与自然相互依存关系的深刻诠释。这种共生共荣的景象，让我们看到了大自然的包容与馈赠，也让人体会到在这片土地上，万物皆有灵且美，它们相互交织，共同谱写着一曲生命的赞歌。

　　走进放坡村的渔家小院，作者以细腻入微的笔触勾勒出一幅充满烟火气的生活场景。龙眼树、波罗蜜树、杨桃树的葱茏绿意，网床在树间的悠然摇曳，母鸡与小鸡的欢快嬉闹，以及珊瑚石砌成的平房和茅草屋顶，共同营造出一种质朴而宁静的氛围。在这里，珊瑚屋是居住的场所，也是一种生活方式的象征，承载着渔民们世世代代的记忆与情感。

　　作者揭示了珊瑚石砌墙无须黏合剂且坚固耐用、透气性佳等特点，这为珊瑚屋增添了一抹神秘而神奇的色彩。这不仅体现了大自然赋予珊瑚石独特的物理属性，也反映出渔民们对自然材料深入骨髓的了解与巧妙运用。作者由此联想到珊瑚屋与当地长寿现象之间的关联，使珊瑚屋从单纯的建筑上升为与人类健康福祉息息相关的文化符号，进一步深化了文章的内涵与意义。

　　珊瑚屋的文化内涵，犹如深深扎根于这片土地的古老树根，盘根错节，源远流长。它是渔民们世代传承的生活智慧的凝聚，在岁月的长河中，一代又一代的渔民在这片海边繁衍生息，珊瑚屋成了他们抵御风雨、守护家园的堡垒，珊瑚石都承载着先辈们的辛勤汗水与对美好生活的憧憬。它见证了渔村的发展与变迁，从古老的渔业生产方式到现代生活的逐渐渗透，珊瑚屋始终静静地矗立在那里，像一位慈祥的老者，默默诉说着往昔的故事。

在文化的交融与传承方面，珊瑚屋也是一个独特的载体。它融合了海洋文化与陆地文化的元素，海洋赋予了珊瑚石生命的起源，而陆地则给予了它们新的形态与使命。渔民们在建造珊瑚屋的过程中，将自身对海洋的敬畏、对陆地的依赖以及对家族的眷恋都融入其中，形成了一种独特的地域文化特色。这种文化特色体现在建筑的外观与构造上，也体现在渔民们的生活习俗、传统节日以及民间传说之中。珊瑚屋就像是一部立体的史书，翻开它的每一页，都能读到丰富的文化篇章，感受到这片土地深厚的文化底蕴。

文中还有作者对珊瑚石遇水焕发生机的描写。当井水倾洒在珊瑚墙上，那原本看似干巴巴、毫无生气的海石花"瞬间鲜亮起来，仿佛被唤醒了沉睡的灵魂。"这一细节描写可谓神来之笔，它不仅生动地展现了珊瑚石的独特魅力，更蕴含着深刻的哲理。珊瑚石从海底的鲜活到陆地的沉寂，再到遇水后的重生，恰似生命的轮回与不息。它让我们看到，即使生命的形态发生了转变，但其内在的活力与精神依然可以在特定的时刻被重新点燃。这也象征着珊瑚屋所承载的文化与历史，虽历经岁月沧桑，却依然有着顽强的生命力，只要我们用心去呵护与珍视，它便能在时光的长河中永远绽放光彩。

陈华清在对珊瑚屋的赞美之余，也流露出对其现状的一丝忧虑。许多古老的珊瑚屋在岁月的侵蚀和人们保护意识的淡薄下逐渐塌倒，这无疑是对这一珍贵文化遗产的巨大威胁。作者在结尾处发出的呼吁，如黄钟大吕，振聋发聩。珊瑚屋作为建筑艺术的瑰宝，承载着独特的历史文化价值，它是人与自然和谐共生的典范，是我们民族文化宝库中一颗璀璨的明珠。我们有责任、有义务去保护它，让它在现代社会中焕发出新的生机与活力，让后人也能领略到这一独特的文化景观所蕴含的魅力。

　　《珊瑚屋，渔家村寨最美的"花"》是对渔家村寨建筑之美的深情讴歌，也是对人与自然关系的深刻反思与殷切呼唤，让我们在欣赏珊瑚屋之美的同时，也能从中汲取智慧与力量，去守护我们身边的自然与文化遗产，让这份美好永远流传下去。

岭南盛景中的自然与人文协奏

在听闻作家陈华清出版了旅行散文集《有一种遇见在岭南》时，我满心期待它能成为一把开启岭南文化宝藏的精致钥匙。期望它在主题深度上，能穿透岭南的表象，深入挖掘这片土地的灵魂；在主题广度上，能跨越岭南的地理界限与历史长河，全方位展现其多元的魅力，而不仅仅浮于风景与民俗的表面描述，更不是局限于一时一地的狭隘呈现。

读此书，我如踏入一条岭南自然与人文的时光隧道。岭南的自然风光在书中令人心醉神迷。南三岛的涛声，一波又一波地涌来；沙滩平坦绵长，沙粒细腻，在阳光的轻抚下，闪烁着光芒，赤足踏上去，触感绵软。木麻黄林带傲然挺立，抵御着海风的侵袭，守护着这片土地。大汉三墩，作为古代海上丝路始发港遗址，静静伫立在时光的长河之畔。"海中有成片的红树林，一些海鸟栖息在树林间，苍绿的枝叶遮不住它们洁白的身姿，它们与海鸭子一同静立看海，那模样静谧而庄严，仿佛在默默守望，见证着千年的沧海桑田。"海风轻拂，港湾里，归航的渔船满载着大海的馈赠，悠悠停泊。渔民们质朴的脸上，写满了收获的喜悦与生活的沧桑，他们与这片海相依为命，如菊花般的皱纹镌刻着与风浪搏击的英勇过往。

广西的桂林山水，是大自然精心绘制的人间仙境。漓江的水，清澈见底，倒映着两岸奇峰罗列，"江作青罗带，山如碧玉簪"，那柔美的曲线与挺拔的山峦相互映衬，构成了一幅绝美的山水画卷。竹筏在江上悠悠飘荡，划破水面的平静，筏上的游人仿若置身于画中，沉醉不知归路。

海南的天涯海角，充满了神秘而浪漫的气息。湛蓝的天空与无垠的大海在此相拥，海天一线之处，仿佛是世界的尽头，又似是梦想的起点。海浪拍打着岸边的礁石，溅起浪花，那轰鸣的涛声，似在向天地说着誓言。洁白的沙滩在阳光的照耀下，熠熠生辉，椰林摇曳，送来阵阵清凉的海风，风中裹挟着大海的咸涩与椰果的香甜，让人心旷神怡。

港澳地区的自然景观别具一格。香港的维多利亚港，华灯初上时，璀璨的灯火倒映在海面上，波光粼粼，与天边的晚霞相互辉映，构成了夜景。海风轻拂，带来丝丝凉意，也吹散了都市的喧嚣与纷扰。澳门的海滩，在阳光下闪烁着光泽，与周围湛蓝的海水形成鲜明对比，漫步其间，感受着大海的磅礴与细腻。这种自然与人文的交融，正是岭南这片土地独特魅力的生动体现，它让岭南的风景都承载着岁月的记忆与文化的沉淀。

此书除了描绘自然风光，还深度挖掘文化历史，彰显出深刻的主题深度。陈华清以真诚的态度叙说岭南之旅，将自己的志趣、涵养和学识巧妙地融入每一篇文章。在描写各地景色时，旁征博引，不仅有文学大家的诗词佳作，还有历史典故、民间传说等。如引用赵朴初对南三岛木麻黄林带的词句，不仅增强了文章的文化底蕴和艺术感染力，更体现了作者对文学与文化的尊重与热爱。

在《南三岛的涛声》里，她对陈氏小宗相关事迹的铺陈，绝不是简单的人物故事叙述。陈瑸的清廉事迹，在深度上，是岭南传统道德观念的生动例证，反映出岭南文化中对清正廉洁品德的尊崇，这种品德观念深深扎根于岭南社会的家族、教育等各个层面，影响着岭南人的行为准则与社会秩序。安南王陈上川心系故土之举，则深入到岭南人对家族、乡土的深厚情感内核，揭示出岭南文化中家族观念与乡土情怀的强大凝聚力，即使远在他乡，这种情感纽带也永不断裂。靖海宫供奉石头神大王公背后的海洋文化解读，拓宽了我们对岭南文化的认知边界，让我们看到岭南文化不仅有内陆的农耕文化、家族文化，还有海洋文化这一独特的组成部分。它体现了岭南人与海洋的紧密联系，从海洋贸易、渔业生产到海洋信仰，全方位地展示了岭南文化在海洋领域的丰富内涵，使岭南文化在主题广度上涵盖了陆地与海洋的双重维度，与自然景色描写中的海滨风光相互交融，构建起一个更为立体、多元的岭南文化景观。

陈华清的写作风格，语言的节奏感与修辞手法的运用都巧妙地服务于主题的深度与广度拓展。在《风过"海上丝路"始发港》中写大汉三墩："海中有成片的红树林，一些海鸟栖息在树林间，苍绿的枝叶遮不住它们洁白的身姿，它们与海鸭子一同静立看海，那模样静谧而庄严，仿佛在默默守望，见证着千年的沧海桑田。"此段文字的节奏犹如岭南的海风，舒缓而有韵律。长短句的搭配，在深度上，营造出一种宁静而悠远的历史感，使读者深刻感受到岭南文化的源远流长。这种个性使得《有一种遇见在岭南》具有独特的魅力，在众多旅行文化散文集中脱颖而出。

与余秋雨的《文化苦旅》相比，《有一种遇见在岭南》更侧重于岭南地区的地域特色与当下旅游文化体验的融合。《文化苦旅》往往以一种深沉的文化批判与历史反思贯穿全书，其目光更多地聚焦于文化遗迹背后所蕴含的民族精神与文化命运；而《有一种遇见在岭南》则像是一位热情的导游，带领读者穿梭于岭南的大街小巷、山水之间，在感受自然风光的同时，深入挖掘当地的人文历史，使读者能更加直观地体验到岭南文化在现代社会中的传承与发展，以及它与人们日常生活的紧密联系。这种对比并不是对两者优劣的评判，而是旨在更精准地定位《有一种遇见在岭南》在同类作品中的独特价值与地位，让读者在更广阔的文学视野中理解该书的特点与贡献。

这本书犹如一位知识渊博的向导，带领读者领略岭南的自然风光之美，探寻其深厚的人文历史宝藏。适合各类渴望深入了解岭南文化的读者。对于文化研究者，书中丰富的文化内涵与深度的文化剖析提供了宝贵的研究素材；对于文学爱好者，其优美的语言与独特的写作风格是一场文学的盛宴；对于普通读者，它则是一次轻松愉悦且富有内涵的岭南文化之旅。阅读时，建议读者关注书中不同地区描写之间的文化关联与差异，体会作者如何通过文字在主题深度与广度上构建起岭南文化的大厦，从而更好地领略这本书在主题挖掘与呈现上的精妙之处。

海洋与地域特色的交织之美

陈华清的长篇小说《海边的珊瑚屋》犹如一幅绚丽多彩的画轴，在雷州半岛的背景下徐徐展开。小说以其独特的魅力，既呈现了留守儿童的生活困境与成长历程，又展现了海洋文学的价值以及地域特色的深厚底蕴。

留守女孩李妹头独自跟爷爷住在珊瑚屋里，乖巧懂事却性格孤僻。在学校里，她总是默默地坐在角落里，很少与同学们交流。当爷爷生病时，她细心地照顾他，为爷爷端水送药。这些细节都展现出她的乖巧懂事。而她的性格孤僻则体现在她总是独来独往，即使在赶海的时候，她也常常一个人静静地在海边寻找贝壳，很少与其他孩子一起玩耍。她三岁后就没见过爸妈，早早承担起生活的重担。

男孩李虾仔原本家庭和睦，因父母离异性格大变。曾经，他是一个活泼开朗的孩子，喜欢在海边奔跑嬉戏。但父母离异后，他变得狂野不羁。他开始逃课，与一些不良少年混在一起。在经历了一系列的事情后，他逐渐明白了生活的意义。比如，当他看到父亲为了他回乡创业，辛苦地忙碌时，他内心受到了触动。他开始努力改变自己，从一个叛逆的少年成长为一个懂事的孩子。

《海边的珊瑚屋》也是一部海洋文学的杰作。陈华清以其独特的女性视角，细腻地描绘了南海之滨的渔村生活，将海洋的风光、器物、民俗、传说融入文字之中，为我们呈现了一幅幅生动的海洋画卷。

其中，珊瑚屋作为核心意象，意义非凡。"用来砌房屋的珊瑚石千姿百态，像菊花，如莲藕，似波纹。"这些珊瑚石是渔村人民智慧的结晶，也是海洋赋予这片土地的独特礼物。古老的珊瑚屋如海边的明珠，散发着神秘而迷人的光彩。珊瑚屋静静地伫立在海边，仿佛在诉说着古老的故事。走进珊瑚屋，仿佛能听到海浪的低语，闻到海洋的气息。

珊瑚屋是一座普通的建筑，也是一种精神的寄托。珊瑚屋象征着家的温暖与守护。对于李妹头和爷爷来说，珊瑚屋是他们遮风挡雨的港湾，是他们心灵的栖息地。在这个简陋却充满爱的地方，他们共同度过了无数个日日夜夜。尽管生活充满了艰辛，但珊瑚屋始终给予他们一种安全感，让他们在孤独的世界里有了依靠。它象征着坚韧与顽强，历经岁月侵蚀和海浪冲击却依然屹立不倒。还传承着传统文化，每一块珊瑚石都蕴含着先辈们的智慧和勤劳。更代表着希望与未来，激励着留守儿童勇敢面对生活，追求梦想。

海洋是三面环海的雷州半岛永远的底色，在《海边的珊瑚屋》中占据重要地位。"远望大海，海面安静得像酣睡的婴儿；近看大海，海浪一波一波温柔地涌动。"这段描写生动地展现了海洋宁静而温柔的一面。不仅赋予了海洋一种诗意的美感，也体现了雷州半岛与海洋之间紧密的联系。海洋在这里不仅仅是一种自然景观，更是雷州半岛人民生活的重要组成部分。海洋的安静如酣睡的婴儿，给人以心灵的慰藉，让人们在喧嚣的世界中找到一处宁静的港湾。海浪的温柔涌动则象征着生命的律动，它带来了生机与活力，也带来了对未来的希望。在小说中，海洋的存在为故事增添了一抹深邃的色彩，使读者更加深刻地感受到雷州半岛的独特魅力和地域特色。

赶海拉网的场景如古老歌谣般生动呈现，在海岸上，十几个渔民在拉网收鱼，"一条粗大的纤绳连接着渔船和'纤夫'。一些渔民泡在齐腰深的海水里，手中拉着渔网，一步一步往沙滩后退。沙滩上的'纤夫'脚插进沙里，身子往后斜着，拼命拉动连接远方渔船的纤绳。"这细致的描写让读者仿佛身临其境，清晰地看到渔民们拉网的动作和姿态，强烈的画面感凸显出雷州半岛独特的地域特色和渔民们的生活方式。赶海拉网是当地居民世代相传的生存方式之一，反映了他们与海洋的紧密联系以及对海洋资源的依赖。

"渔民收网了，墨绿色的渔网里满满的鱼虾活蹦乱跳，大概想逃出渔网。可是渔网太大了，它们怎么跳也跳不出去。"这一画面生动有趣，展现了收获的场景，而这些鱼虾不仅仅是物质收获，更象征着当地居民对生活的希望。"拉上岸的渔网铺在海滩上，刚才泡在海水里的渔民陆续上岸了，他们或坐或蹲在沙滩上，把渔网里的海产品分类。"收网后的场景进一步丰富了画面，那奋力拉起的渔网，网住的不仅是鱼虾，更是当地居民对美好生活的向往和追求，对未来的憧憬，体现了赶海拉网这一活动在当地居民生活中的重要意义，是一种文化传承，展现了当地独特的海洋文化和价值观念。

疍民以船为家，与大海相依为命，为小说增添别样色彩。他们的自由、勇敢与对海洋的敬畏，深深影响着岸上居民，这种互动是文化的交流与融合。海洋给小说中的人物带来复杂的心理和情感，既是孤独的象征，也是向往的所在。

李妹头的外婆是疍民，她去探望外婆时观赏了一场别具特色的蜈蚣舞。这是当地海上疍家人的传统舞蹈，承载着消灾祈福的美好愿望。

正如文中所描述："表演者弯腰屈腿，双手半弯呈钳状，模仿蜈蚣的形态、动作。随着'耍虫者'的'蜈蚣珠'指引，扮演蜈蚣者先后表演了'爬行''蟠柱''叮咬''吐珠'等动作。这些动作拙朴、稳健、协调，整个场面有一种磅礴的气势。"这场表演生动地展现了疍家人独特的文化传统和艺术魅力。起初，李妹头想喊"精彩"却不好意思，此时她的内心或许还有些羞涩和拘谨。但随着表演的进行，她被那磅礴的气势和拙朴的动作所深深吸引，情不自禁地大声叫好。从一开始的犹豫到后来的热情欢呼，李妹头的内心发生了很大的变化，她逐渐融入疍家人的文化氛围中，感受到了这种传统舞蹈所带来的震撼与感动。

地域特色与小说的叙事节奏和结构相互呼应，为情节增添独特魅力和张力，那片广袤的海洋、独特的珊瑚屋，让故事充满了奇幻与真实。同时，地域文化深刻塑造了人物性格和价值观，如李妹头面对困难时的坚韧如珊瑚屋，宽广胸怀体现在对他人的理解和包容。李虾仔在经历变故后，学会像海洋一样勇敢面对生活挑战。

当地居民凭借世代相传的生存智慧，在潮起潮落间探寻生活方向。这些海洋活动推动着小说人物性格的发展，主人公们在赶海过程中学会坚韧与勇敢，面对生活波澜如同面对汹涌海浪般不屈不挠。地域特色深化了小说对留守儿童、人性、成长等主题的表达，通过海洋与珊瑚屋的描写，我们看到了留守儿童的孤独与坚强、人性的美好与复杂以及成长的艰辛与喜悦。小说传达出对地域文化的认同与反思，让我们在感受美丽的同时，思考如何保护和传承这些宝贵的文化财富。

从海洋文学的价值来看，《海边的珊瑚屋》让我们重新审视人与自然的关系。它如同一阵海风，吹散现代社会的浮躁，让我们回归自然，回归心灵本真。这部小说的社会意义重大，不仅关注留守儿童问题，还通过东方老师这一角色展现教育的力量。东方老师，一个城里的教师，一个志愿者，她的到来，如同一束光，照亮了孩子们的世界。她鼓励孩子们表达自己，给予关爱和支持，是关注留守儿童问题的人们的缩影，呼唤着社会行动。

《海边的珊瑚屋》既是一部满溢爱与希望的书，亦是一部展现海洋魅力的佳作。在这本书中，我们既能看到留守儿童所面临的困境，又能领略到他们的坚韧与希望。它引领我们感受海洋的美丽与力量，同时也让我们体悟到文学的温暖与深度。正因为如此，这部书在出版后备受赞誉，被赞为"海洋儿童小说的南方标杆"，还荣获了叶圣陶教师文学奖、首届广东好童书奖等诸多奖项。

雷州半岛的海洋与珊瑚屋，是一首永远唱不完的歌，一幅永远看不够的画。它们让我们陶醉于地域特色的魅力之中，感受生命的力量和文化的底蕴。同时，也促使我们思考在现代社会中，如何更好地保护和传承这些独特的地域文化，让它们在时代的变迁中依然绽放光彩。

　　阅读作家陈华清的童话集《快乐花朵——咪兮兮》，我仿佛踏入了一个充满奇幻与温情的动物王国。它散发着独特的光芒，蕴含着深刻的人生哲理，让读者在一个个精彩的故事中，领略成长的真谛与美德的力量。

　　从《帅羊羊》的故事里，我们看到了外表与内在修养的鲜明对比。帅羊羊有着出众的帅气外表，本应是众星捧月般的存在，可他的懒惰却险些将自己推向毁灭的边缘。"帅羊羊是只懒羊羊，不爱劳动，也不学习任何技能，整天只知道晒太阳、睡懒觉。"在主人面临经济困境需要变卖动物时，其他动物凭借自身的能力或特质被新主人领走，而帅羊羊却因懒而无人问津，甚至面临被宰杀的厄运。

　　这给读者启示，在生活中，人们常常会被外表的光鲜所迷惑，或是过度依赖自身的先天优势，而忽略了内在品质的培养和能力的提升。帅羊羊后来的转变也告诉我们，认识到错误并努力改正，勤劳奋进，永远都不晚。只有通过自身的努力去创造价值，才能真正赢得他人的尊重和长久的安稳，就像一颗种子，只有在土地里努力扎根、生长，才能在风雨中屹立不倒，绽放出属于自己的花朵。

　　《传奇猫》的帅哥猫则为我们演绎了一场因好奇与莽撞引发的成长

闹剧。他擅长讲故事，却因羡慕大人不用读书而贸然尝试做代理家长，结果因缺乏生活常识用狗肉煮绿豆，差点引发大祸。帅哥猫的经历就像我们在成长过程中常常会犯的错误，对未知充满好奇与渴望，却在没有充分准备的情况下盲目行动。

　　这让读者深刻认识到，成长是一个循序渐进的过程，知识的积累和生活经验的沉淀是不可或缺的。不能仅仅凭借一时的冲动和幻想去涉足不熟悉的领域，而应该脚踏实地，一步一个脚印地学习和探索。同时，也要学会从错误中吸取教训，如同帅哥猫在经历这次风波后，明白了父母的不易，懂得珍惜现有的学习机会，重新回归到正确的成长轨道上。每一次的挫折都是一次成长的契机，只要我们能够正确对待，就能在成长的道路上走得更加稳健。

　　《海娃娃》中的海娃娃，他的故事如同一股清泉，流淌着善良与感恩的力量。海娃娃诞生于神奇的机缘，虽然家庭贫寒，但他心怀善意，乐于助人。"他家很穷，但他心肠好，做了不少好事，坏叔叔几次害他都有人暗中保护他。"他的善良仿佛是一种无形的守护符，在面对坏叔叔的恶意陷害时，总能得到他人的庇佑。他因救海公主得到海龙王报恩，最终过上幸福生活。这种结局深刻地诠释了善有善报的道理。在现实世界中，我们或许会面临各种困难和诱惑，但海娃娃的故事提醒我们，保持一颗善良的心，就像在黑暗中点亮一盏明灯，不仅能照亮他人，也能为自己带来希望和好运。也要学会感恩生活中的点滴善意，将这份爱传递下去，让善良的种子在世间生根发芽，长成一片繁茂的森林，为更多的人遮风挡雨。

　　《快乐花咪兮兮》讲的是心灵成长与救赎的故事。起初，咪兮兮呈现出的是一副傲气凌人的模样，"自认为很了不起，对其他动物总是爱答不理的。"她就像生活中那些自视甚高的人，以自我为中心，对周围的一切都不屑一顾，将自己封闭在一个小小的骄傲世界里。当在森林中迷失方向，踏上寻找妈妈的艰辛旅程时，她开始与外界有了更多的接触和碰撞。在这个过程中，咪兮兮遭遇了重重困难，而这些困境成了她心灵蜕变的催化剂。她逐渐意识到自己的渺小与无助，曾经的傲慢开始慢慢瓦解。咪兮兮开始接受其他动物的帮助，这一转变是她的行为上的改变，也是内心深处价值观的重塑。她从一个孤立的个体，逐渐融入动物群体之中，学会了依赖他人，也懂得了感恩。

咪兮兮在自己仍处于困境、尚未完全找到妈妈的情况下，毅然决定帮助忧郁王子寻找快乐花。这一行为充分展现了她内心深处善良与勇敢的品质。她不再仅仅关注自己的得失，而是将目光投向他人的痛苦与需求。通过自己的努力，她最终帮助忧郁王子找到了快乐花，这一过程不仅让忧郁王子重新获得了快乐，也让咪兮兮自己实现了一次心灵的升华。她从一个只知道自我炫耀的小动物，成长为一个富有同情心、乐于助人的角色。

咪兮兮的成长与蜕变，让我们明白，谦逊是成长的基石，只有学会谦虚待人，才能不断地从他人身上汲取力量，完善自我。而帮助他人则是一种伟大的美德，在给予他人快乐的同时，自己也能收获内心的满足与幸福，让生命变得更加充实和有意义。

《快乐花朵——咪兮兮》这本童话集，以其独特的魅力，将一个个生动有趣的动物故事与深刻的人生哲理完美融合。它用丰富奇妙的想象为我们构建了一个奇幻的动物王国，用幽默且富有童真的语言讲述着动物们的喜怒哀乐、成长与蜕变。在小读者们沉浸于这些精彩故事的同时，它如同一股涓涓细流，悄无声息地滋润着孩子们的心田，培养他们坚强、善良、守信、乐观、好学、懂感恩等美好品德和行为习惯。对于成年读者而言，它又像是一位久违的老友，用那些纯真质朴的故事，唤起我们内心深处对美好品质的向往与追求，让我们在纷繁复杂的现实世界中，重新审视自己的生活，汲取力量，坚守初心，向着更加美好的未来奋勇前行。它是一本童话集，也是一部蕴含着智慧与力量的成长启示录，值得我们每一个人用心去品味、去珍藏。

地火中重生的凤凰

《地火》是对香港抗战的深情回顾与庄重记录，也是对那些在战火纷飞中默默付出、无畏牺牲的英雄们的崇高敬意与永恒纪念。它以其深邃的主题思想、浓郁的情感内涵和精湛高超的叙事技艺，深深地镌刻在读者的心中，成为一部令人难以忘怀、常读常新的文学瑰宝。

陈华清创作的《地火》，以香港 3 年 8 个月的抗战历史为厚重背景，以原港九独立大队市区中队长方兰为原型，生动地展现了香港人民在抗日战争中可歌可泣的英勇斗争。

这部长篇小说的主人公方兰，是抗战英雄群体的卓越代表，也是那个动荡时代无数女性坚韧不拔的生动缩影。一开始，方兰如雏鸟，柔弱且平凡，生活在被繁荣的香港。战争的惊雷乍响，彻底打破了她生活的宁静港湾。日军的铁蹄无情地踏入香港，街头巷尾陷入混乱与恐慌，方兰目睹着亲人和邻里遭受日军的残暴欺凌，内心被深深刺痛，生存的本能与对家人的深切保护欲如熊熊烈火般燃烧起来，促使她开始被动地卷入抗战活动。她小心翼翼地为抗战队伍做事。

随着对抗战事业的深入认知与理解，方兰开始主动承担起领导重任。在她的带领下，港九大队市区游击队犹如一把寒光凛凛的尖刀，精准而果敢地插入敌人的心脏地带。他们秘密编印地下宣传刊物，在被黑暗笼罩的香港民众心中，播撒下希望与反抗的种子；他们冒着生命危险收集情报，在敌人的严密监视下巧妙周旋。他们还配合盟军实施了一系列惊心动魄的军事行动，炸机场、毁桥梁，令日军闻风丧胆。

在陷入生死攸关的危险，方兰内心经历着痛苦的挣扎与抉择。但她最终凭借着惊人的坚韧不拔和不屈不挠的精神，如浴火重生的凤凰，冲破了困境的枷锁。

在这部小说中，凤凰意象的运用堪称精妙绝伦。凤凰，在中国传统文化中本就是吉祥、美好与重生的象征。在《地火》的语境里，方兰的形象与凤凰有着内在契合。暗无天日的抗战岁月里，方兰的经历犹如凤凰涅槃般动人心魄。她从最初的平凡柔弱，到在战火中历经磨难、逐渐成长，直至在生死考验中实现精神的升华与蜕变，恰似凤凰历经涅槃之火的洗礼。她在日军的残酷迫害下，在被叛徒出卖后的绝境中，没有被打倒，反而在困境中锤炼出更加坚定的信念和顽强的意志，就如同凤凰在熊熊烈火中重生，获得了更为强大的力量。这种凤凰意象的融入，不仅为方兰的人物形象增添了深邃的文化底蕴和神秘的传奇色彩，也使小说所传达的抗战精神和人性光辉更具感染力与震撼力。它象征着香港人民在战争的废墟中顽强崛起的决心与勇气，即使遭受巨大的创伤与磨难，依然能够如凤凰涅槃般，从灰烬中重生，向着光明与希望奋勇前行。

陈华清在《地火》中淋漓尽致地展现出其独特的写作风格。读者跟随其文字穿梭于枪林弹雨中，感受到战争的残酷与无情，如同一把冰冷的利刃割破和平的美梦，也体会到人性的温暖与希望，仿佛在黑暗的深渊中瞥见了闪烁的星光。她巧妙运用的叙事技巧，如多角度叙述的灵活切换和时间跳跃的巧妙安排，如一场精彩绝伦的交响乐演奏。多角度叙述让读者仿佛拥有了多双眼睛，可以从不同的视角去审视故事中的人物与事件，全方位地感受抗战时期香港社会的复杂风貌；而时间跳跃则像是在时光的琴弦上跳跃的音符，时而回溯往昔，时而跃入未来，增强了故事的紧张感与吸引力，使读者仿佛穿越时空的隧道，亲身经历了那段波澜壮阔、动荡不安的岁月。

在阅读《地火》的过程中，我像被一股无形的力量深深牵引，完全沉浸于小说所构建的世界之中。方兰的坚韧不拔如同一座巍峨的山峰，令人敬仰；她对信仰的执着追求恰似奔腾不息的江河，震撼人心；她在极端恶劣环境下所绽放出的人性光辉，犹如夜空中耀眼的星辰。小说中人物丰富多样的情感变化，如喜与悲、爱与恨、希望与绝望的交织碰撞，以及他们内心深处惊心动魄的心理斗争，都如同打开了一扇通往战争灵魂深处的大门，让我对战争的本质、战争对人类社会和人性的深刻影响有了更为透彻、更为深刻的理解与感悟。

《地火》出版后入选全国农家书屋重点出版物推荐目录等。它无疑是一部值得反复品味、深入研读的抗战题材经典之作。它如一面历史的镜子，清晰地映照出那段血与火交织的香港抗战历史，让我们得以回首往昔，缅怀那些在战争中英勇牺牲和默默奉献的英雄豪杰；如一位智慧的长者，诉说着战争与和平的深刻哲理，引导我们深入思考和平的来之不易与珍贵价值。陈华清凭借其独树一帜的文学才华，匠心独运地为我们精心雕琢出一部兼具厚重历史价值与卓越文学魅力的不朽作品。透过《地火》这部文学的"望远镜"，我们清晰地目睹了历史的烽火硝烟弥漫大地，也真切地看到了在那熊熊烽火中的革命精神。

微躯虽小寸心纳万象，阔著华章犹

在当代文学的多元景观中，闪小说以其独特的形式和魅力崭露头角。闪小说集《带你去看海》精选陈华清创作的近百篇闪小说佳作，以其丰富的内容和精湛的艺术特色，为读者呈现了一个精彩纷呈、内涵深刻的文学世界。

与一些风格单一、题材局限的闪小说相比，《带你去看海》犹如一场文学的狂欢派对，陈华清像一位"文学大厨"，大胆地将情感、校园、仕途、乡村、悬疑等多种"食材"巧妙搭配，烹制出一道道风味独特的文学佳肴，展现出生活的万象，创造出独特的文学景观。让读者在品尝过程中，充分领略到生活的多元性与复杂性，拓展了闪小说的表现边界，为这一文学体裁注入了新的活力与魅力。

《带你去看海》以简洁的文字、精巧的构思，将一个个故事讲述得扣人心弦，我在阅读中不断地收获惊喜与感动，也让我对生活、社会有了更深刻的认识和思考。每一篇小说都像是一扇窗户，透过它，我看到了不同的人生风景，感受到了作者对生活的敏锐洞察和对人生的深刻理解。

情感是文学永恒的主题，在《带你去看海》中，陈华清将情感的丝线编织得极为细腻。无论是爱情、亲情还是友情，都在她的笔下展现出动人的魅力。例如《两地情》，通过边防战士强与家中妻子秀在年三十晚的电话交流，写了夫妻之间的思念之情。强在哨卡孤独坚守，却在电话里营造出热闹的假象，而秀则独自承担着家庭的困难，同样报喜不报忧。"秀，娘好吗？儿子乖不乖？你也好吗？"简单的问候背后，充满了牵挂与担忧。这种对夫妻情感的描写，没有过多的修饰，却真实地反映出平凡生活中夫妻之间深厚的感情，以及他们为了家庭和国家默默奉献的精神。又如《最美的康乃馨》，以康乃馨为情感的寄托，展现了安娜对儿子安东深深的母爱。安娜拿着儿子的来信"左看右嗅，在信的一角亲吻着"，这一细节生动地描绘出一位母亲对远方儿子的思念与牵挂。而"我"对安娜的善意隐瞒以及最终真相的揭示，又进一步凸显了人与人之间的温情与善良。这些情感故事，贴近生活，真挚感人，让读者在阅读中不禁被其中的情感力量打动，产生强烈的情感共鸣。

人性是复杂多面的，既有光辉的一面，也有弱点和缺陷。《带你去看海》在展现人性方面可谓淋漓尽致。在《兄弟》中，双胞胎兄弟为了照顾家庭，相互推让上大学的机会，他们的行为体现了亲情的伟大和人性的善良。哥哥说："我是哥，听我的！三年前你做主，这回轮到我了！"这种兄弟之间的情谊和担当令人动容。而在《守在下水道的女人》中，因女儿意外身亡而精神失常的女人，在下雨天却坚守在没有井盖的下水道旁，提醒路人注意安全。她的行为展现了母爱的深沉与无私，即使遭受巨大的打击，依然能够将小爱转化为对他人的大爱。作品中也不乏对人性弱点的刻画。如《卖鸭汤饭的女人》中，"我"因老公去买漂亮女人的鸭汤饭而产生嫉妒心理，无端地怀疑老公与卖鸭汤饭的女人有不正当关系。这种嫉妒心理是人性中常见的弱点，作者通过这一情节的描写，使人物形象更加真实丰满，也让读者在阅读中能够反思自己的人性弱点。

陈华清的闪小说不仅关注个体情感,还对社会现象有着敏锐的洞察。她以犀利的笔触揭示了社会中的种种问题和人性的弱点。在《我一定要找到他》中,流浪狗为了报答丽丽的恩情,努力寻找杀害她的凶手,而凶手却凭借权势逍遥法外。这一故事反映了现实社会中存在的不公平现象,以及弱势群体在面对邪恶时的无助与无奈。同时,也歌颂了动物的忠诚与善良,引发读者对社会正义和人性善恶的深刻思考。此外,在一些作品中,还涉及了家庭关系、职场困境、乡村变迁等社会话题。如《兄弟》展现了双胞胎兄弟在面对家庭责任和个人前途时的艰难抉择,反映了家庭经济压力对个人成长的影响;《卖鸭汤饭的女人》则通过"我"对老公买鸭汤饭的误解,揭示了人与人之间的误解与信任问题,以及善良与美的传递。这些作品从不同角度对社会现象进行了剖析,使读者在阅读中能够更加深入地了解社会现实,增强对社会问题的关注和思考。

闪小说的最大特点之一就是篇幅短小,不能超过600字。陈华清能在有限的字数内创造出丰富的文学世界,情节完整,有起有伏。其情节高度浓缩且跌宕起伏,常设置意外反转,于方寸之间掀起波澜,迅速抓住读者眼球,开头营造一种情境,结尾却出人意料地扭转局面,让读者惊叹不已。如《特别的年夜饭》,从标题来看,读者可能会预想是一场温馨的团圆饭场景,但在小说中,会发生家庭成员之间的矛盾冲突、意外事件的发生等情节反转,在短小的篇幅内形成强烈的情感冲击,让读者在阅读过程中始终保持着紧张和好奇的心态,不得不佩服作者高超的情节驾驭能力。

在主题表达上,陈华清擅长以小见大的创作手法,从生活中的细微之处,挖掘出社会、情感等深刻内涵,如通过描写小人物的瞬间抉择展现宏大的道德或社会议题。在《猫样女人》中,通过描写一个像猫一样的女人的生活习性和情感经历，探讨了孤独、渴望关爱以及人与人之间复杂的情感关系。表面上是在写一个女人的故事，实则反映了现代社会中人们普遍存在的心理状态和情感需求。作者通过对这个小人物的细致刻画，揭示了人性的多面性和生活的复杂性，使读者在阅读后能够对自己和周围的世界有更深刻的认识。再如《废墟里的爱》，以废墟这一特殊的场景为背景，讲述了在废墟中发生的爱情故事、人性的善良与坚韧。废墟象征着破坏与绝望，但在这片废墟中却绽放出了爱的花朵，这种以小见大的手法，使作品的主题得到了升华，让读者感受到了爱的力量和人性的光辉，即使在最艰难的环境中也能熠熠生辉。

意象的运用在陈华清的闪小说中起到了画龙点睛的作用。在《最美的康乃馨》中，康乃馨这一意象贯穿始终，成了连接安娜与儿子情感的纽带，也象征着母爱与美好。安娜对康乃馨的珍视，以及"我"在安娜墓碑上画上康乃馨的举动，都使康乃馨这一意象充满了情感的力量，增强了作品的感染力和艺术美感。在结构上，她的作品往往严谨有序，开头能够迅速吸引读者的注意力，中间情节发展紧凑合理，结尾常常出人意料又在情理之中，给读者留下深刻的印象。如《两地情》，开头通过强和秀的电话对话，营造出一种温馨的氛围，中间逐渐揭示出双方的困境，结尾处真相大白，使读者对整个故事有了全新的认识，同时也感受到了作者精心设计的结构之美。

闪小说由于篇幅限制，对语言的要求极高，用简洁文字传递丰富信息，不拖泥带水，使读者能在极短时间内完成阅读并有所思考感悟，在快节奏现代生活中，为人们提供便捷而深刻的文学体验。

陈华清在这方面表现出色。她的语言简洁凝练，精准地传达出人物的情感和故事的发展。在《卖鸭汤饭的女人》中，"她的鸭汤饭，香飘四溢，价格实惠，分量足。来吃的人很多，大多是附近的民工。她总是热情地招呼着每一个人，脸上洋溢着笑容。"短短几句话，就生动地描绘出了卖鸭汤饭女人的形象和她的生意状况，以及她热情好客的性格特点。没有多余的修饰和冗长的叙述，却能够让读者迅速地在脑海中勾勒出相应的画面，感受到故事中的氛围和情感。同时，她还善于运用一些修辞手法和富有表现力的词汇，使语言更加生动形象。如在描写人物情感时，能够通过细腻的心理描写和生动的比喻，让读者深刻地感受到人物内心的波澜起伏，增强了作品的艺术感染力。

陈华清的《带你去看海》以其丰富多样的内容和精湛独特的艺术特色，成了闪小说领域的一部佳作。它不仅为读者带来了一场精彩的阅读体验，让读者在短小的篇幅中领略到了生活的百态、人性的复杂和文学的魅力，也为闪小说的创作和发展提供了有益的借鉴和启示。读完这本书，我仿佛经历了无数次的人生轮回，体验了各种喜怒哀乐。它不仅满足了我对文学故事的渴望，更在潜移默化中提升了我的文学素养和对世界的认知。

在闪小说界，陈华清都有着不可忽视的影响力。她是中国当代闪小说最早的实践者之一，是中国寓言文学研究会闪小说专委会的委员兼特约评论员，她以自身丰富的创作实践和敏锐的艺术感知力，为闪小说的发展贡献了一部部佳作。

我相信，每一位读者都能在《带你去看海》中找到属于自己的那片心灵栖息地，在这片文学的海洋里，收获感动与启迪。也期待着更多的作家能够在闪小说的创作道路上不断探索创新，为读者带来更多优秀的作品。

自幼年起，我便与书结下了不解之缘。那时，爱读书的哥哥买了很多公仔书（又叫连环画、小人书），一本本精彩纷呈，像一把把神奇的钥匙，开启了我对世界的无限遐想。我在那连环画的奇妙世界里沉醉不知归路。还记得那些夏日，阳光透过斑驳的树叶洒在地上，我便捧着小人书，坐在院子里，与书中的英雄豪杰一同闯荡江湖，为他们的胜利而欢呼，为他们的挫折而揪心。

父亲疼惜儿女们对书的热爱，亲手打造了一个书柜，并将一本本精心挑选的书放在书柜中。这个书柜，成了家中的"魔法角落"，我和哥哥姐姐们围在那儿，如饥似渴地翻阅着书柜里的每一本书，在知识的海洋里贪婪地汲取养分。时光飞逝，书柜老旧了，但在我心里，它就像一位忠实的老友，默默守在角落，

见证着往昔的欢声笑语和悠悠书香。每次看到它，兄妹们围坐读书的温馨画面就会鲜活起来，那些美好的片段，仿佛已经深深嵌入了书柜的纹理之中。如今，我也把这些珍贵的读书过往，细细讲给孩子听，盼着书香能在家族的血脉里静静流淌、传承不息。

对我来说，读书是一场奇妙的心灵之旅。每一本书都是一个独特的灵魂栖息地，在那里，我能与不同的思想碰撞、交融。品《论语》，孔

子及其弟子的言行思想如同一盏明灯，照亮了我为人处世之路，让我懂得谦逊、仁爱与坚守道义的重要性；读《简·爱》，我领悟到女性自尊自爱的力量，在面对生活困境与爱情抉择时，坚守内心的声音是多么难能可贵。通过读书，我仿佛跨越了时空的界限，与古圣先贤对话，与中外文豪并肩同行，领略着世间百态，感受着人性的光辉与复杂。

学生时代，我因作文常受老师夸赞，写作对我来说，曾是一件得心应手之事。可谁能料到，婚后的生活被工作和家务塞得满满当当，我在忙碌的漩涡里晕头转向，不知不觉就和写作渐行渐远，那些曾经信手拈来的文字，也在柴米油盐的消磨中渐渐远去。

幸运的是，在作家陈华清老师的鼓励下，我重拾笔杆，再次踏上写作之路。陈老师知道我钟情于绿植，就巧妙地引导我观察入微，创作花草、自然系列作品，还给我推荐相关的经典名著，助我不断提升，如《瓦尔登湖》《在草木与兽之间》《寂静的春天》等。阅读这些作品，我开启一场自然、生态之旅。这些作品启发我细致观察，赋予万物情感与故事，使文字鲜活；提醒我关注自然与人类的关联，在写作中融入环保意识与社会责任。我领悟到自然是灵感源泉，其宁静、灵动与脆弱皆可入文；学会用质朴笔触描绘自然中的宁静与哲思。

再次写作，我深切感受到文字对我来说是一种心灵救赎。每一次落墨，都似在与灵魂深处的自己促膝长谈。在生活的琐碎与繁杂中，我们常常迷失自我，而写作则成为我寻找内心本真的"导航星"。当我书写生活中的点滴感悟时，仿佛是在对自我进行一场深度的剖析，那些被日常所掩埋的情感、思考，都在文字间得以舒展。在字里行间穿梭的过程中，我开始触摸到生命里更为深邃和广袤的维度。我看到了自己的成长轨迹，那些曾经的迷茫、困惑，以及后来的释然、觉醒，都化作了笔下富有生命力的线条，勾勒出生命的起伏与坚韧。写作，让我不再仅仅是生活的过客，而是成了一个用心去感知、去记录、去思考的行者，使我能够以更加从容和豁达的姿态，去拥抱生命所赋予的一切，无论是风雨还是晴空，都能化作笔下珍贵的素材与感悟，进而不断拓展生命的厚度与宽度，探寻灵魂深处真正的自我与归宿。

对我来说，陈老师是我文学之路的"引路人"，给我悉心的指导，而她也是我学习的榜样。在写作领域，她堪称"拼命三郎"的楷模，始终笔耕不辍，至今已出版二十余本文学著作。每次有新书出版，她总会慷慨地赠予我。我沉浸在她的作品里，就像品尝一场场精神的饕餮盛宴，收获满满当当，并写下了一系列读后感，集成"悦读系列"。

这些年，我的文章陆续登上了《散文百家》《青年文学家》《湛江日报》等报刊，参加文学比赛也多次获奖。这些成绩，就像一束束光，照亮了我前行的道路，给了我莫大的勇气和信心。

日子一天天过去，我写的散文也有了一定数量。经过精心整理和筛选，便有了这本《以兰为伴》散文集。这是我第一次出书，心里满是忐忑，所以我衷心感谢陈华清老师。从文集的整理编排，到字斟句酌的修改润色，每一个环节都离不开陈老师的倾囊相授。我深知自己水平有限，书中肯定会有不足之处，还望各位读者多多包涵。